深圳青春文学精品工程

苍蓝色的要塞少女

陈政旭◎ 著

 海天出版社（中国·深圳）

图书在版编目(CIP)数据

苍蓝色的要塞少女 / 陈政旭著.—深圳:海天出版社,2017.11
(深圳青春文学精品工程)
ISBN 978-7-5507-2193-7

Ⅰ.①苍… Ⅱ.①陈… Ⅲ.①长篇小说–中国–当代 Ⅳ.①I247.5

中国版本图书馆CIP数据核字(2017)第275146号

苍蓝色的要塞少女
CANG LAN SE DE YAO SAI SHAO NV

出 品 人　聂雄前
责任编辑　杨幸铭　蒋鸿雁
责任校对　李　春
责任技编　梁立新
装帧设计　思成致远
_____
出版发行　海天出版社
地　　址　深圳市彩田南路海天综合大厦（518033）
网　　址　www.htph.com.cn
订购电话　0755-83460239（批发）　83460397（邮购）
排版制作　深圳市思成致远创意文化有限公司 Tel：0755-82537697
印　　刷　深圳市希望印务有限公司
开　　本　787mm×1092mm　1/16
印　　张　14.5
字　　数　210千
版　　次　2017年11月第1版
印　　次　2017年11月第1次
定　　价　30.00元
_____

凤凰花下的绝唱

牧　野

凤凰花是凤凰木的花，凤凰花树冠宽大，枝繁叶茂。每到五月，鲜花盛开，鲜艳似火，富丽堂皇。

深圳有不少地方是有凤凰花的，每到花开季节，那成丛成片的凤凰花，灿若红霞，美似飞梦，总是吸引成群的市民观赏赞叹。

我喜欢漫步于凤凰花树下，浸身于这红云般的灿烂境界，就如浸身于我的青春似火的学生们中间一样，感觉到如火的青春依然，血液里总有"老夫聊发少年狂"的激情在流淌。这激情又使我总想和我的青春年少的学生一样去做些追随我心愉悦我心的美事。

一天傍晚，正当我在凤凰花下漫步时，我接到一个电话，是本书作者陈政旭同学妈妈的电话，要我为陈政旭的长篇小说《苍蓝色的要塞少女》作序，我欣然应允。我想，对一个老师来说，没有比这更美的事了。

说实话，陈政旭跟我的时间不长，但我却比除他父母之外的其他人，似乎更了解他一些。我喜欢这个富有个性、思维敏捷、才华横溢的少年。与他虽然是一段蜻蜓点水式的短暂相处，但我却知道他绰号叫"旭爷"，而这"旭爷"不是京味的略带江湖一霸的"旭爷"，是初二军训联欢会上，他表演"鸟叔"

的《江南 style》，把全场数百人的气氛搅得异常热烈活跃，以致教官称赞他的表演，超出"叔"的风采，堪称"爷"的风采，同学们便亲切地称他为"旭爷"了。我还知道，他在中考前两个月的模拟考试成绩离深圳中学录取分数线差一大截时，竟然奋发学习，以优异成绩顺利地考上了深圳中学。我还知道，他初中时迷上动漫设计、网游设计。高一时迷上音乐表演和写作，一年时间竟写出了《苍蓝色的要塞少女》这部洋洋十多万字的长篇小说，而这小说在网上的点击率竟高达十三万余，让他赚得了平生第一笔稿费。

优秀的人总是多才多艺的。以上对他的认知只是浅层次的。在我读了《苍蓝色的要塞少女》后，我深深为他的文学才华所震惊。读罢小说我内心涌起的是俗语"长江后浪推前浪，世上新人撵旧人"，是"江山代有才人出，各领风骚数百年"，是"桐花万里丹山路，雏凤清于老凤声"，是"羞煞老夫，愧煞老夫"。更是——

深深地自叹不如！

不如政旭同学的文学才华年少就崭露头角。

陈政旭的文学才华表现在小说中是有着奇特丰富的想象力。

小说讲述了这样一个故事：公历 2012 年 7 月初，深海战舰少女开始出现在地球各海域，并且宣称要屠戮尽"残忍和邪恶的人类"。联合国因此迅速建立了联合国总督府，对抗深海。起初，因为深海力量强大，人类很快进入劣势。但自从一位来自中国的非常年轻的战术家加入 UN 总督府之后，他联合来自世界各地各行业顶尖人物创造了人类舰娘，且通过将近 3 年时间使人类与深海的实力处于平衡状态。

在 2015 年 7 月初，有一位来自国际警察局的警官，苍蓝，在战术家的挚友逍遥游的指导下，在一个小岛上摧毁海盗途中与被重点关押的深海要塞少女帕琪娜（Pachina）邂逅。从此苍蓝成为了帕琪娜的提督，辞去警察职务并加入到星海港联合舰队。而深海与人类之间的关系不但随之缓和，还在一系列事件里发现冥冥之中的羁绊，甚至发现了在此背后的重重黑幕。

而苍蓝，这个突然被卷进战争中的中国青年，将会在混乱的战争之中寻找真相与真理，带着他心爱的要塞少女帕琪娜为了世界和平的理想而奋斗。

从小说的本身就可以洞察作者的奇特雄伟的构造想象力，而从小说中的战舰名称和功能，又可窥视作者另一种瑰丽的想象能力。小说中的战争武器是"深海战舰""英灵战舰""渔政秘书舰""人类舰娘""坦克娘""鹦鹉螺号潜艇"等。"鹦鹉螺号潜艇"的功能是"只能听见声音，看不见人，几个小时就可以从日本海到直布罗陀海峡"。从这些武器的名称和功能来看，作者不仅想象丰富，而且心胸广博大气。

陈政旭的文学才华还表现在小说的内容丰富深刻。

记得《苍蓝色的要塞少女》和一家网站签订独家连载协定时，我在微信朋友圈里发了一张图片向他表示祝贺，也趁机替这本书宣传一下。圈里有一位优秀学生的家长留言说："现在的孩子真是早熟，这么早就有恋爱的心理体验。"这位家长可能是看到小说的题目望文生义，误以为是言情小说。《苍蓝色的要塞少女》不是言情小说，而是一部网游小说。但这部网游小说，又不同于其他网游小说，只是网络游戏的翻版。它是网游、科幻、魔幻、现实等各种流派的综合。

这里有为正义而战的惨烈的战争杀戮，有对人与自然和谐渴望的温情歌颂；这里有奇幻的宇宙世界，又有浓郁的人间生活气息；这里有爱情，但爱情却是表现在为理想实现为正义伸张的志同道合；这里既有科幻色彩的对人类未来命运的关注，又有对当下地球上存在的种种问题的思考……

作者的文学才华还表现在小说的叙文语言纯熟老练，节奏明快。我们看这一段：

……

2015 年 7 月 15 日 19:28:17，星海港东部沿海走廊。

黑色笼罩了星海港。

微微的海风吹来，将已经烤得灼烫的星海港吹拂得干爽柔和。

在海岸线旁，好像连接成一条线的盏盏白灯，熟悉的铁链，一个一个有着固定间距的有一丝被风化的汉白玉矗立在那儿。铁索连环，构成了海岸线特有的点缀。

海水拍上了岸边，围海造陆所用的沙石被海水一次次漫过。

不时看到几只海鸥栖息在岸边，没有被漫过的石头上。

……

简单的几笔就把海港的神韵勾画了出来，实在是纯熟老练。

我们再看这一段：

……

为了能够随时对深海的侵略性打击进行反击，联合国（United Nation）在美国纽约建立了 UN 总督府，并且建立了临时组织，由各国的人才聚集在一起，然后开发了人类舰娘——根据深海战舰的型号，也就是二战时期的型号。

因为在初期的对阵发现，新时代的战舰并没有什么用处。

我们需要的，是英灵战舰。

就这样，搭配了新科技的二战时期的老战舰，再次浮出映射着初升太阳的光芒的深海之上。

而 UN 总督府，派出了最强的战术师。

这个家伙，简直就是深海命中注定的克星。

他联合各国的海战精英，很快让深海处于劣势，除非深海使用历史上真实存在的战舰，否则无法对抗他。

而真实舰的能力，相当于能够大量生产的虚假舰的两三倍。

但是即使是虚假舰，破坏力依旧不可小觑，只是对于人类舰娘来讲，无非杂鱼而已。

然而，最能够让人惊讶的是，这个战术师，年仅 22 岁。

而且，他身边的同国伙伴，每个都是各个领域的精英。

在他的阴阳般无法捕捉的战术之中，就算拥有黑科技，深海也只是弱者。

不过，在这种胶着的状态之下，是该有个突破了！

这一段每层字数不超过30字，语言简洁，节奏紧凑，极其符合现代快节奏社会人们的阅读习惯。

丰富独特的想象，神奇深刻的内容情节，纯熟老练的语言，出自一个十六岁的中学生之手，有时令人难以置信，仔细阅读后又觉得只有像他这个年龄段的热爱动漫喜欢网络游戏的少年才可写得出来。因为小说中引用的徐志摩"新月派"的诗，有一主人公的名字叫"逍遥游"，书中的主人公们喜欢的是"必胜客"的奶茶和食品，还有小说中对"苍蓝"和"帕琪娜"的爱情描写是那么的生涩等，这些都符合高一学生的知识认知、情感认知和饮食爱好。

我岂止是不如陈政旭的文学才干少年天成，我更感不如这些少男少女所处的时代伟大。

我的青少年时代，物质极度贫乏，处处文化禁区。陈政旭所处的时代是知识大爆炸，人类文明空前发展的时代。丰富的出版物，影视、网络等新媒体的出现，让他们拥有无穷无尽的阅读材料，形式多样的学习渠道。我们从小接触的是镰刀和锄头，我们做的事是锄地、割稻和拾麦。而陈政旭他们从小接触的是卡通、动漫、电脑和网络，所做的事是阅读文学作品、玩游戏、唱k、动漫设计等，各种高科技的阅读学习渠道，丰富他们的生活，启迪他们的心智。

写到这里，我无意对我的青少年所处的时代表示怨恨，我之所以称羡政旭同学文学才华而自叹不如，是为政旭能身处这样一个时代而高兴。因为有这样的时代，才有催生出文学人才陈政旭的丰厚土壤，深圳的校园文学才蓬勃灿烂，人才辈出。从育才中学《花季雨季》（长篇小说）的作者郁秀，到翠园中学《大漠落日》（长篇小说）、《火烈马》（长篇小说）的作者袁博，从红岭中学区琳的《我的深圳，我的上海》（长篇），到现在陈政旭的网游科幻长篇小说《苍蓝色的要塞少女》，无一不在诉说深圳——这座中国改革开放的前沿城市，这个终年热风劲吹的阳光地带的神奇。

搁笔之时我抬起头，远处的凤凰花红艳似火。深圳中学把凤凰花作为校花，应是有深深的寄寓的，希望深中的学子，在青春的年华里，个个红火娇艳，而青春的校园里也必定绽放出绚丽迷人的光彩。

陈政旭此刻一定正走在深圳中学校园里火红的凤凰花下。

（牧野，原名李春阳，男，作家协会会员，戏剧家协会会员，高中语文高级教师。著有中篇小说《乡校》、短篇小说《夏日无风流》《清明》《奇异征婚录》《思念阿敏》，纪实文学《中国知识女性的情爱分离与回归》《生死之间——一个闯海者的心路历程》，长篇通讯《医家国际名流，学苑教坛精英》，电影文学剧本《花市的声音》，舞台戏剧小品《花市对花》《校园一角》《新梁山伯与祝英台》，影视评论《〈金婚〉中爱情的典型和象征性》等。）

目　录

序　章　/ 001

第一章　苍蓝与要塞少女 / 003

第二章　星海港 / 016

第三章　回忆杀 / 026

第四章　深海的女王 / 036

第五章　"婚礼" / 045

第六章　直布罗陀暴动 / 053

第七章　双线作战 / 062

第八章　暴动之后 / 070

第九章　大和之殇 / 078

第十章　战术家的局 / 088

第十一章　阴谋阳计 / 097

第十二章　交易与合作 / 106

第十三章　《凤凰花开》/ 115

第十四章　"隐形恶魔" / 125

第十五章　大事虽平，小事未尽 / 134

第十六章　"G"定律系 / 143

第十七章　双鹤院长化 / 151

第十八章　一场笑话 / 159

第十九章　残酷现实 / 167

第二十章　菲律宾海海战 / 175

番　外　舰娘神秘失踪事件 / 197

后　记 / 217

序　章

这是哪里？

你或许会这样疑问。

但是，接下来你就知道了。

"哇啊……"

如果你进入了《战舰少女R》手游的世界，那么你将会找到其延伸的各个平行世界。有纯爱向的温馨日常，有燃向的激烈战斗，还有……平平淡淡的生活。

而这个世界，是一个一样又不一样的次元。

2012年7月1日，深海战舰少女首度公开于世，在此前后，世界范围内极少数人类被感染了深海病毒，但是全部都被治愈而没有死亡，反而拥有了科学领域之外的异常现象。

半年后，深海病毒完全消失。

但是自从那一天起，这个平行世界……就不一样了。

深海战舰少女，又名深海舰娘，扬言于世道："人类，深海永不为奴！为你们的贪婪行为彻底地付出代价吧！"

为了能够随时对深海的侵略性打击进行反击，联合国（United Nation）在美国纽约建立了UN总督府，并且建立了临时组织，由各国的人才聚集在一起，然后开发了人类舰娘——根据深海战舰的型号，也就是二战时期的型号。

因为在初期的对阵发现，新时代的战舰并没有什么用处。

我们需要的，是英灵战舰。

就这样，搭配了新科技的二战时期的老战舰，再次浮出映射着初升太阳的光芒的深海之上。

而 UN 总督府，派出了最强的战术师。

这个家伙，简直就是深海命中注定的克星。

他联合各国的海战精英，很快让深海处于劣势，除非深海使用历史上真实存在的战舰，否则无法对抗他。

而真实舰的能力，相当于能够大量生产的虚假舰的两三倍。

但是即使是虚假舰，破坏力依旧不可小觑，只是对于人类舰娘来讲，无非杂鱼而已。

然而，最能够让人惊讶的是，这个战术师，年仅 22 岁。

而且，他身边的同国伙伴，每个都是各个领域的精英。

在他的阴阳般无法捕捉的战术之中，就算拥有黑科技，深海只是弱者。

不过，在这种胶着的状态之下，是该有个突破了！

"嗯，真是好累呢。"

一个身着警服的青年，伸了伸懒腰，消除了来自睡醒之后的疲惫，然而只是一点点效果罢了。其实还真的很困啊……

"是该干活了，走起。"

他来到了自己的超跑警车面前，突然毫无征兆地犹豫了一下。

今天是假期，自己并不需要巡逻，而且最近有一个来自 UN 总督府的人来到了自己所在的小岛，辅助当地警方缉拿最后的，前段时间世界流行的罪犯——"飙车党"。所以……

但是，不知道为什么，好像有人告诉他似的，自己不知不觉打开了车门。

他并没有想到，他的命运将由此改变。

欢迎来到……这个欢乐，却悲惨，而又残酷的世界。

《苍蓝色的要塞少女》序章，Fin。

第一章　苍蓝与要塞少女

"嗖——"

"轰——"

"嗡——"

Rivals。

宿敌。

那是宿敌。

苍蓝此时驾着型号为 Lamborghini Murcielago LP 670-4 的警车，正在太平洋区域的某个城郊类大型岛屿帕里帕特迪西慕(Peripateticism，逍遥)进行治安。

前面，是他的宿敌。

那是一辆型号为 Lamborghini Veneno 的银色跑车。前面开着车子的，是车手（ Racer ）。

在世界范围之内的各国的车手组成的"飙车党"，隶属于因深海舰娘出现而成立的世界性非法组织，海盗联盟。"飙车党"主要以飙车为乐，多次影响各地的治安。

虽然说世界范围内大多数地区的"飙车党"已经镇压，但是帕里帕特迪西慕岛却云集了世界上多数的"飙车党"成员，一旦任务成功就能将"飙车党"的势头给打压下去。

最近，帕里帕特迪西慕岛的警方开始委托 UN 总督府，去寻找"飙车党"的最终基地，根除最后的"飙车党"的存在。

车手们不仅向往飙车的快感，还屡次将出现的深海舰娘打捞，并且强行占有她们，作为自己的军事力量威胁联合国。

深海现在已经对整个人类失去了信任。因为她们对人类的认知还处于"一个人怎样就等于所有人怎样"的阶段，似乎是程序使然。她们认为只要有一个抓走了自己的姐妹，那么那个种族，现在也可以说只要是人类，将不再被信任，而是被当成敌人。

人类在深海出现不久便效仿了深海舰娘，创造了人类势力方的舰娘，以此抵抗深海。

但根据这几年的数据来看，不断地进行战争只会让矛盾更加严重化，所以只有找到"溯源"，也就是深海舰娘的源头，才可能会有突破口。

因此，现在人类和深海是宿敌，普通人和海盗是宿敌，深海和海盗是宿敌。三角竞争。

苍蓝奉命改变这个现状。让深海重新相信人类，让海盗旗下最庞大的势力之一的"飙车党"销声匿迹。

"走你的！"

苍蓝打开了附着在警车边上的静电场。撞上去之后，被撞击的车辆将受到一定程度的损坏。

在这般撞击之下，Veneno 受到了严重伤害。但是还是能维持最后一点耐久继续前行。

然而自己的车子，达到了极限。

"啧，为什么要这样……明明那家伙的车都快损毁停下来了……"

"BOOM！"

炮击。

那是一个战列舰级别威力的炮击。

扬尘之后，只见到车子早已掀翻。苍蓝打开车门下去，遥遥看见车手已经死了。

"哪里来的炮击……"

沿海线旁，正在高岸上的车子，怎么会被炮击？

"人类，受死吧！"

少女斩钉截铁的呐喊让苍蓝有些惶恐。然而那少女似乎被另一个少女拦住了。

"等下，小K。"

只见，那个有着灰白色长发的少女命令名叫"K"的灰白双马尾的少女停下。

后面的舰娘，和前两位一样，她们的深海舰装都泛有粉紫色的光芒。

"我是战列M级Ⅱ型148号舰"，坐在战列舰的沙滩椅上的长发少女开口了，"我刚才看到你一直在追着一辆银色的车子……而且一直想要拦截他。他怎么了？你为何又要和同族自相残杀呢？"

看到原本只会杀掉自己的深海战舰突然之间问起这个问题，苍蓝发怔了一下。

"啊……他是海盗旗下的'飙车党'成员，因为影响治安所以要抓住他，呃……"

苍蓝的脸色显得异常紧张。

偏偏就遇上了深海舰娘，而且还是有着最强火力之称的……战列舰啊！

"……海盗！"

战列少女的声线开始变得有一丝愤怒，然后激化了起来。

"人类，我希望你能帮我拯救我的姐妹……我听说是你们人类当中的海盗抓走了我的姐妹。不过看到还有你这种抓海盗的人类我就可以放心了。"

"呼……"

苍蓝以为自己就要这般接受死亡的制裁了。

"你这种车子黑白相间，还闪着红色蓝色的光芒，看来你就是人类当中的'警察'了吧？很好，只要有这种颜色的车子出现，我不会让其他姐妹们伤害你和你的伙伴们的。"

听到这，苍蓝心中有如坠下一石，释然。

"M级。目前我们老大让我们去寻找'飙车党'的据点。而且按照你的说法……我想我们的目标很可能是相同的。"

"那便最好不过。但是人类……"

战列少女轻轻举手，一条机械蛇从椅子后面出现，像一只炮一样对准苍蓝。

那条蛇十分听话似的，按照战列少女的意志，张开了有如血盆大口的"炮口"。

"请你记住：如果'飙车党'解决，人类和深海不再有矛盾，那么我们一切好说。否则……"

苍蓝浑身发怵，靠紧车门。

"哈哈，你的生命可就要离开这个世界，前往地狱了哟……姐妹们，我们走吧。"

她走了。

他呆了。

我该怎么办……看来得让那人出马了吗？

苍蓝决定还是做点什么来应对这件事情了。他开着警车，直接朝着守望塔开去。

此刻，夕阳落幕。

喝茶。瞑目。微笑。

一阵阵属于铁观音的清香向着远处飘扬，似乎笼罩了整个岛屿。

这是这个岛屿的最高处，警区的守望塔。

守望塔的阳台上，是有着暗金色长发的逍遥游。

"是谁在喝茶啊，好香啊……"

"闻起来好像是中国的茶呢……"

远处，巡逻士兵们的讨论声传到已经摆好茶几，悠悠品茶的逍遥游耳际。

但是此时，他听到的一声招呼让他回首了，即使眼睛还是闭上的样子，但还是能从微光中看见他其实正在注视的前方。

却不是那有着凛然正气的熟悉的那个人，那个让整个深海为之恐惧的战术师。

而是眼前的，和战术师同样有着黑发的，略显不安的苍蓝。

"找我做甚？苍蓝。"

"逍遥游，我今天遇到深海了。"

"哟，看来车子性能不错，居然让你逃掉她们的集火了。"逍遥游调笑道。

"不是……深海的旗舰，战列 M 级叫我去解救被'飙车党'所困的深海舰娘，如果'飙车党'被瓦解，人类和深海和好，她们就不再过来侵扰我们。"苍蓝可不像逍遥游这般淡定，他即使表情平淡，内心还是很慌张的，不知所措。

"呵，和我预测的一模一样。看来这次她们也是和我们一样厌战了。那么兄弟你应当是来找我想办法的吧？我告诉你怎样吧……按我说的来做就行，不要问为什么。"

苍蓝的慌乱，逍遥游的微笑，形成了鲜明对比。

看来逍遥游这个人，和那位战士一样，并不能小看啊……

苍蓝身着黑色警服埋伏在据点旁边。

不知道怎么回事，逍遥游手上居然拥有据点的坐标位置。来到这里果不其然。

但是这里的人此时都出去飙车了，所以没有几个留下来的。

苍蓝见势出手，将门卫打晕，并且注射了逍遥游特别配制的昏睡剂。估计半天之后才能醒来。

这个据点里有个环形车道，整个内部呈现往下的圆柱形，而一旁就是电梯。

但是苍蓝担心电梯的可靠性，便继续从环形车道走下去。

然而，苍蓝的声响还是引来了下面人的关注。

"什么人？"

可恶，被发现了……有了，按照逍遥游的指示。

环形车道中间是空的，而且囚禁深海舰娘的地方则在环形车道最下方还要更里面的房间里。

逍遥游这家伙毕竟说啥啥准，自己也不得不信服。

但正因为是中间空的——

"嘭！"

苍蓝扔了个手雷，那些人还没反应过来就都被炸死了，十分顺利。他掏出一支步枪，将下面的目标一个个击杀。最下面的圆形平台上，所有人都被击毙。根据苍蓝的确认，尽数是车手。

在到达平台之后有两个口。一个是通往内部工作区的，一个是停车场。

停车场里头，一辆车也没有。工作区的大门被密码锁锁着。

"请输入密码。"

密码么……看一下逍遥游说的是否准确。

"KARTRIDER。"

"正确。"

门打开了。

苍蓝这回开始疑惑了，难道逍遥游真的拥有他无法预料的智慧，能够来到这没几天就知道了这几个月来他和同事们都不知道的秘密，包括这门前的电子密码锁？

但是来不及继续猜疑逍遥游的身份了，还是快点进去吧！

苍蓝在工作区里穿行，最后发现了囚禁深海舰娘的地方。运用逍遥游特制的开锁器之后，深海舰娘接连串地恢复了自由。

但是……

一举一动全部被看到了。

真正躲在黑暗里的"飙车党"，正在用摄像头，将这一切尽收眼底。

"很好……我们可以从地下室撤离了……没有人可以束缚我们'飙车党'！没有！"

"老大英明！兄弟们撤离！炸死那群不听话的舰娘和该死的警察！"

亢奋而愤恨的意志啊……

最后一个锁……解不开。

眼前这个指纹锁……真是太高级。

"人类……你怎么会来救我？"

光顾着指纹锁了，苍蓝才发现角落边的那个有蓝色猫耳头饰、白色长发、身穿黑色长裙和一双蓝黑条纹长筒袜的可爱少女。少女身上衣服的轻微破损和瘀伤，明显诉说着：这个少女必定受到了虐害。

苍蓝通过她的蓝白主色调才发现她和其他舰娘不一样。其他的清一色是粉白，或是金白。

"你，你是……"

"帕琪娜（Pachina）。分类是要塞。"

"……难怪看你和其他的舰娘不太一样。"

就这样，苍蓝停下了手中的工作，与那说着意大利语的白发少女对视。还好苍蓝少年时去过意大利做交换生，所以是会意大利语的。

"指纹锁只有这里的首领才能解开。人类，你不用想了。"帕琪娜道，但似乎比刚才要恢复了一点活力，不知是为什么，"回答我一个问题，你为什么不和其他人类一样将我和其他姐妹作为玩具玩耍，而是要解救我和其他姐妹？"

"舰娘也是和人类同等的生命，无论是不是深海。我奉命根除'飙车党'，解救你们罢了。"

"可是你不怕我不信任你，会随时杀掉你吗？"

"不怕。因为我相信你不会。"

但是，帕琪娜身边却出现了一只怪物，面对苍蓝，击出了炮弹。

强大的能量震碎了监牢的铁柱和指纹锁，苍蓝也被击飞。

"咳咳……咳啊……"

"人类，就算我不听你的话，按着我憎恨人类的本性走，你也不怕？"

那名为帕琪娜的少女突然间像是满血复活一般，竟然拥有了可以逃离这个监牢的能力！

"为什么要怕！咳咳……"扬尘之中，苍蓝咳嗽道。他虽然疑惑帕琪娜为何突然迸发出了强大的，若脱笼之兽的能量，但是他的心里却已经有了个答案。

"我相信的……只要用真诚的正能量感化你……你最终会放下武器的……"

"哼，人类就是虚伪。"

炮口对准苍蓝，他能看见淡蓝色的光正在眼前这个龙的骨骼头颅似的口腔汇集。

在千钧一发之刻，时间仿佛停止了。

苍蓝的心，在怦怦地猛烈跳动着。

"如果你认为我虚伪，我干脆死了算了。"

他有这打算，完全按照逍遥游说的步骤来做，不惜以自己的生命为代价。

既然逍遥游能够预测得如此之准，那么自己也来一次命运的赌博吧……

他从逍遥游那里知道，这些武器在身为少女而饱受那帮无耻之徒的虐待之后，一定渴望着心灵的光辉。

否则，就这样堕落到万丈黑暗里头，地球……将充满他不愿看到的战火。

炮口发射炮弹前的最后一刻——

苍蓝做好了死亡的觉悟。

他相信，眼前的少女，一定会停下炮口的！

他的左眼，刹那之间放射出了苍蓝色的火焰！

这是他 7 年前，在意大利上学的时候突然获得的能力，只要心中怀有正义感，那么左眼便会冒出这苍蓝炽焰。

这也是为什么逍遥游让他过来拯救深海舰娘的原因，他和别的人，不太一样。

"为什么……"

没过几秒，能量如预料中消失了，但是这个赌注，真的是太大了。但还好，这次老天爷帮了他。

帕琪娜跪倒，眼中流下一滴珠子。

"没想到人类之中居然会有这种为了证明自己真心的舍命之人……原来不是所有人类都和那群奴役我的人类一样为了利益不择手段啊……为什么人类会有异于整个种族的存在……为什么要这样……是出于什么目的……"

"爱。"

苍蓝艰难地爬起，扬尘消失之后走到帕琪娜面前，半蹲。眼中火焰依旧在。

"为了能够在这乱世之中，获得最美好的真情，也就是爱。爱是至高无上的，一切的事物都将被它感化，学会关爱。而'飙车党'则在世界的变化中改变了想法，只是追求纯粹的快感，不顾及其他生命，不会爱，只会将自己的快乐建立在别人的痛苦之上。"

苍蓝挑准了时机，用人性最光辉的那一面，照射帕琪娜那被黑暗笼罩的心房。

而且，他知道的，深海的智慧没有人类那么强大，因此得出"只要一人怎样整个种族就怎样"的结论，就犹如无知的小孩子一样幼稚。

"这样吗……"

突然，帕琪娜抱住了苍蓝，没有任何准备地，苍蓝有点慌张了。

"别着急，人类，我不会伤害你了……"

苍蓝略感意外，自己居然真的赌赢了。

"你确实是我在人类之中遇见的第一个不会伤害我们的个体……我想好了，为了能够在你所说的'爱'之下度过，放下往日的仇恨，我决定了，我就是你的人了。"

"帕琪娜……这里危险。不宜久留，我们先出去再说吧。"

"……好吧……听你的，人类。"

斩钉截铁，没有半点犹豫，他们离开了这隐含着危险的地方。

"老大！他们跑了！"

"炸了他们！"

"是，老大！"

黑暗之中，"飙车党"正在撤离。

但是……

黑暗的过道之中，第一次出现了极为耀眼的白芒。

"嘭！"

死亡。一切就这样在意外之中完结。

所有深海舰娘，还有苍蓝，离开了这个据点。没有半点阻碍。

"怎么会这么顺利……不应该啊……"

苍蓝虽然顺利地解救了深海舰娘，但是他又继续纠结其中的奥秘了。

为什么逍遥游能够如此了解"飙车党"的据点？

为什么拯救舰娘的过程如此顺利？

为什么一切如逍遥游所说的发展？

卧底。

"贺鹰羽，你这次可是帮了我了。外快又到手了。"

"我本身就是卧底出身，区区'飙车党'只是分分钟瓦解的事情。更何况只是这么一点人而已？"

逍遥游正和眼前的红色长发的黑色警装的青年谈话。

阳光之下，两人正在醋畅地喝着冰镇的德国黑啤，这为他们带走了炎夏带来的闷热。

"不过我卧底期间，发现他们拥有可以抑制舰娘的力量的科技。逍遥游，是你干的吧。"

"要不要这么聪明啊，贺？"

逍遥游放声大笑。

"明明 UN 让我创造了舰娘，难道我就不会搞个抑制力量的科技来控制舰娘，让她们归顺于我们人类？"

"也对。毕竟你是'实验室'成员，研发地上舰娘的人之一 ——这是我之后加进来才知道的。"贺鹰羽道。

"贺。这次我有预感……苍蓝这次一定会成为人类和深海的第一个打破僵局的人。"

"何以见得？"

"天机不可泄露。"

逍遥游，还是这样充满神秘。

若不是那黑发蓝瞳，有着凛然正气的他的帮助，逍遥游怎么可能知道那小小的警官身上的秘密竟然和被贺鹰羽的"同伙"囚禁起来的"第三院长"帕琪娜有关呢？回头得感谢那家伙了。这波计划让苍蓝这个与自己年纪相仿的人轻松得手，而且这次成功还推动了一个人类与深海目前最关心的大事——人类与深海关系正常化。没有这次贺鹰羽通过卧底身份带来的特殊行动，那么就没有接下来的关系正常化的有力武器了。

不过苍蓝么……逍遥游感觉这家伙真的不简单。或许只是心理因素作怪罢了。

2015 年 7 月 1 日，农历十六的满月日子。人类方 UN 和深海方正式关系正常化的日子。

帕琪娜没有回到深海。她想好了，和苍蓝在一起生活。放下武器，离开战争。这个家伙，总是让我感到安心呐……至少人类之中我最相信他了呢。

"喂，帕琪娜……你抱得我这么紧我觉得有点不妥啊……"

"深海最强大的要塞陪着你已经是你的荣幸了，提督。这么难得的机会，提督居然觉得不妥，真是无知呢。"

"这样么……"

苍蓝其实一直都在纠结一个问题。为什么帕琪娜本不能逃离监牢，见到他之后竟能把那牢狱的束缚给解开？

"话说帕琪娜，你当初为何能把铁柱直接炸开，之前却没炸呢？"

"唔……"帕琪娜思考了一会儿，"不知道怎么回事，见到提督的时候，突然感觉到了一阵心灵上的温暖，被'飙车党'给锁住的系统，莫名其妙就被激活了呢。"

"原来如此。不过……为什么你会在准备开炮的时候，最终选择相信我了呢？"苍蓝想要知道那千钧一发之刻，帕琪娜停止开火的最终缘由。

"因为我相信提督既然能给我带来我渴求的温暖，一定会一直保护我的呢。虽然提督一点战斗力也没有了啦。"

帕琪娜靠在苍蓝的右侧，左手指着苍蓝的心脏部位。

"我能感受到你的心，提督。你绝对不会伤害我，不是因为我是武器而不触犯我，是源于提督所说的，纯粹的'爱'。我感觉你把我当做真正的人类一样了呢。"

"帕琪娜……"

"其实在那时候，看到提督左眼中的火焰，我的脑海里突然听到有人在说——"

"杀戮，最终会迎来自我的灭亡，放下火炮，感受并追求人性光辉之美。你若行之则终生不再后悔你现在的决定！"

"……"苍蓝缄默了。

"而且，不知道怎么回事，提督的左眼一冒出火焰，我就能用我身为英灵的力量，感受得到，提督是我心中所想要追求到的光明。不知怎么的，就突然很想跟提督在一起了呢……"

"我真有这么大本事？"苍蓝尴尬地笑道，"不过看你说你能感受得到，我还是先相信你好了。毕竟逍遥游说，英灵虽然不能读心，但能从生命体释放的特殊精神力场来感知，这个生命体的人格，从而判定出他们的性质。不过，我成为国际警察，也是为了宣扬正义呢，也难怪会被你看上，看来是有原因的，哈哈。"

"对了提督，你的名字是什么呐？"帕琪娜转移了话题，"既然我叫帕琪娜（Pachina），那提督你呢？"

"我么？"

苍蓝微笑道，左眼放出了那正义的苍蓝炽焰。

"苍蓝。苍茫的苍，深蓝的蓝。"

苍蓝因为有了要塞，被星海港联合舰队提督——东寂天招纳进了星海港的舰队。

而苍蓝的帕琪娜作为陆基单位，负责守卫星海港。

从此，苍蓝和帕琪娜的相伴日常，正式拉开了帷幕。

"提督！我还要吃钢！"

"啊啊……看来又要去跟 Z 桑借点了……希望他别打死我就行……"

满月照在这地处南海，赤道大岛上的港口，星海港。清凉的轻风为这港城抹去了炎夏的热，一切又凉爽下来了。

第二章　星海港

"兄弟，在喝茶啊？"

"怎么样，有个要塞姬陪着你还不错吧。"

"还行吧……"

还是那个逍遥游。还是那茶几。

自打上次的事件以来，已经过去将近两周的时间。今天是 2015 年 7 月 14 日。

"而且帕琪娜很可爱……十分黏人，老是抓着我的手臂不放，就像一只小猫一样。"

突然，逍遥游好像来电似的，露出滑稽的微笑，右手手指捏着茶杯，将右腿放到左腿之上，跷起了二郎腿来。

"哟，苍蓝，几天不见你果然变成 Hentai（罗马音，日文意为'变态'）了。居然驯服了要塞姬。"

"我哪里 Hentai 了……她自己这么喜欢我，我就成 Hentai 了？"苍蓝面对这个充满着神秘的伙伴无奈地狡辩道。

"哈，逗你的。"

逍遥游微微扬起嘴角，抿了一口茶。

品尝。

那是铁观音的清香。

"但是你的舰娘……准确来说不是舰娘，而是陆基单位。你的要塞因为是固定型的攻击输出单位，所以不能在海上移动。也就是说她只能在陆地上占用一个单位进行固定输出。不过如果是要塞姬的话……就可以进行移动了。

也就是说她可以成为移动要塞。"

　　"也就是说……不是舰娘类似舰娘啰？"

　　"正是如此。"

　　品尝。

　　那是铁观音的清新。

　　"星海港感觉如何？"

　　"不错。资源充足，港区优美。比起帕里帕特迪西慕岛有些热闹，尤其是星海港市区之内，十分充满人气。感觉跟一个大城市没什么两样。"

　　"所以说住在这样的环境，岂不美哉？"

　　"那是必须的。"

　　2015 年 7 月 15 日 18:14:54，星海港·都市区。

　　星海港所在的星海屿是一个大型岛屿，地处星洲海峡，总陆地面积约等于一个香港。

　　星海港的性质是国际综合港，归属中国，包含了国际自由商贸，资源运输，客流中转等公共功能，以及 UN 总督府的海外军事基地。为了能够随时进行对深海的战略对抗，UN 总督府特意找到一个岛屿，建立了这"星海港"。

　　但是由于人类和深海的关系正常化，军事基地也改变了原本对深海的限制。现在港口暂时地允许深海进入，只要不对人类发动攻击等特殊军事行动，一切好谈。

　　这个地方建设了诸多现代化城市的高层建筑，不过最高也就 30 层，只是高楼林立罢了。

　　从 3 月初星海港正式投入日常工作以来，这里便十分繁华。因此深海也不会打它的主意。

　　她们知道，如果攻入这里，整个深海将被人类进行彻底消灭。得不偿失。

　　不过关系正常化之后，这里便开始变得安全许多。

　　那有着猫耳头饰的白色长发的少女，此时没有当初那种性感的着装，换成了有着蓝色裙角，腰部有一根蓝色蝴蝶结带的白色露肩连衣裙。

苍蓝此时换成了一袭黑色——写有"I love PACHINA"的黑色上衣和黑色的长裤。不同于他在警官时期的装束。因为他早已经加入联合舰队，成为了一名提督。所以警服也不用当常服了，还是穿件正常的比较好。

然而他虽然是提督，却也只能有一个要塞罢了。

但也还好。这样啊，我就能用情专一于帕琪娜了。苍蓝想。

毕竟战争是两人共同厌恶的东西。既然在一起了，管它什么要塞是不是舰娘什么的，管它有没有多个舰娘什么的，只要在一起就够了。

"和提督一起逛街什么的真是好开心呢！"

帕琪娜抱着苍蓝的右臂，一脸满足的样子。

苍蓝比帕琪娜要高了一个头，因此看起来有种夫妻相。

"快到吃饭时间了。我们去哪里吃好呢，帕琪娜？"

"唔……提督决定吧。"

可爱的少女，帅气的青年。不时有几个路人擦肩而过的时候回首一望。

"就这家吧。"

必胜客。

Z那家伙不是说可以随便报销么？嘿嘿……

"话说要来点什么？"

苍蓝把菜牌递给帕琪娜，帕琪娜翻了翻，说："美式黑椒牛扒……还有一杯蓝莓汁……还有培根土豆浓汤……好啦，就这些吧。"

苍蓝微笑着答应了。

"好吧，一份黑椒小牛排比萨和蓝莓冰沙。"

"提督啊……这个汤的话我和提督一起喝好么？"

正当苍蓝纠结之际，帕琪娜的一句话让他恍然大悟。

"人家想和提督……嘛，如果我喝过的话，再让提督用同一个勺子喝汤的话……"

"诶？！"

突然间苍蓝明白了什么。

间！接！接！吻！

这小妮子怎么会想到这些东西……

面红了，耳赤了。

"提督难道不愿意嘛？"

"啊，愿意愿意……服务员！下单！"

必胜客的门外，逍遥游来到了商城。

"啊，最近搞掂了'飙车党'的事情，咱们又拿到赏金了，蛮多的……东寂天你小子还真行。"逍遥游喃喃道。

逍遥游，和他的老友，被称为"Z"的东寂天，以及曾经潜伏在"飙车党"当卧底的贺鹰羽，来自同一实验室，虽然贺鹰羽是在背叛"飙车党"以后加入实验室的。

他和东寂天等人共同创造了舰娘。在 UN 总督府直系科学院，被院内众人称为"实验室"的科学院，他是出了最大功劳的人。

前几天，UN 总督府发布悬赏通告，逍遥游发现了可以大赚一笔的契机。于是以 UN 总督府直系科学院成员的身份去那边赚钱了，便遇上了苍蓝。

结果命运鬼使神差，让苍蓝获得了一个移动要塞舰娘。

在用预测术数的时候，逍遥游的老朋友，东寂天算出来了结局——他们会幸福地生活着，有一个 Happy Ending。

不过对于逍遥游来说，这两人并不是重要的。钱，才是重要的。

这样他就可以自己前往天下，游遍天下了——身为"逍遥游"的存在。

"啊，正好用公费报销。估计就算是去必胜客这种比较贵的地方，Z 应该会放过我的。"

然后，他就进了餐厅。

在不被苍蓝和帕琪娜发现的情况下。

汤上来了。

帕琪娜用勺子打上一点汤，自己品尝。粉嫩的舌头舔了舔，像猫一样。舔完之后还不忘记将勺子打了汤的部分细细品尝。眼睛微微闭上，可爱至极。

接着，帕琪娜用勺子再打上一点汤，将勺子递向了苍蓝。

苍蓝轻轻含住勺子。

品味到了她的一丝气息，苍蓝会怎样呢?

没错，羞涩。

他闭了眼，细心感受。

一阵甜蜜的味道。

这难道就是爱的味道么?

苍蓝仍然细心品味。

就这样，两人在特殊的爱之氛围下度过了晚餐时光。

但是这一切美好还是逃不过眼神尖锐的他——没错，逍遥游看到了这一切。

他的菜早就被解决了。因为那一碗汤被这对情侣喝了将近五分钟啊!更别说其他菜了。

"真是够暧昧的。就让我来记录这一切吧。"

逍遥游拿出了手机。这一幕幕全部来到了云端。

Q群【那些年我们的实验室】

（时间省略）

【节操君说群名片太长躲在群里会被同事看到】（逍遥游）看，苍蓝那家伙又在秀恩爱了。

（逍遥游将之前拍到的图片上传。）

【舰皇】（东寂天）啊，真没想到苍蓝是如此无耻之"绅士"。

【贺太】（贺鹰羽）什么?居然还有比我更加贺太（与Hentai发音类似，

而 Hentai 在日语中是"变态"的发音）的人？他有我看的毛片多么？

【节操君】去去去，看你的欧美女人们去。你家北宅（提尔比茨号战列舰，德国海军所属，外号"北方的孤独女王"）还等着你给她送她一直想看的"本子"呢。

【大黄鸭】（皇至臻）什么？那不是深海目前出现的三个院长之一Pachina 要塞么？

【节操君】大臻哥看来认识她啊。

【大黄鸭】确实认识……曾经根据卫星报告称她从原来的西西里岛附近海域出水，但是很快就被其他两个院长发现并移走了。结果这几天刚刚关系正常化……等一下，为什么深海会和人类在一起！

【舰皇】她自愿跟着那个家伙我也不能阻止。但是为了管理要塞只能让那个家伙成为提督了。于是我又要被蹭饭了……

【节操君】其实我就在蹭你饭的时候拍的。地点是星海贸易商城 3F 的必胜客。

【舰皇】我就知道你会来找我报销……看我有钱就敲诈我是吧……算了，反正都是同一宿舍的怕什么。

【节操君】大臻哥，反正事情就是这样啦。人家在那里释放光芒这类事情我们还是要闭上眼睛比较好。

【大黄鸭】不说了，胡德（胡德号战列巡洋舰，英国皇家海军所属）下午还要叫我去茶园喝茶呢……我要去准备了再见。

【节操君】大臻哥走好不送。英国日常愉快。

【节操君】等一下，他们准备走了，我去跟踪他们。

【舰皇】计划通，你懂的。

【节操君】如实报道而已，别把我当跟踪狂。我很纯良的，我可是掌握正能量价值观的正直青年。

【舰皇】别自己看好戏啊逍遥……

"提督，人家吃饱了呢。和人家去吹吹海风好么？"

"好啊，"苍蓝微笑着答应了，"服务员，结账！"

【节操君】他们开始了，所以直播暂停。你们懂的。

【舰皇】好吧……

2015 年 7 月 15 日 19:28:17，星海港东部沿海走廊。

黑色笼罩了星海港。

微微的海风吹来，将已经烤得灼烫的星海港吹拂得干爽柔和。

在海岸线旁，好像连接成一条线的盏盏白灯，熟悉的铁链，一个一个有着固定间距的有一丝被风化的汉白玉矗立在那儿。铁索连环，构成了海岸线特有的点缀。

海水拍上了岸边，围海造陆所用的沙石被海水一次次漫过。

不时看到几只海鸥栖息在岸边，没有被漫过的石头上。

白裙少女和黑衣青年，一个挽着另一个的右臂，将头依靠在另一个的有力的臂膀上，温柔地微笑着。另一个也柔和地笑了笑。

但是接下来这个声音让两个沉浸在美好里的情侣离开了这个氛围。

"苍蓝，没想到今天请女朋友吃饭被我看见了啊。"那个熟悉的人，只身站在苍蓝和帕琪娜的身后，淡笑道。

"逍遥游？！"

整个走廊上，只有这三个人。

"看来老衲是不适宜在此地出现，打扰了二位的兴致，着实抱歉。"

逍遥游径直走到苍蓝身边，拍了拍他的左肩。

"好好干，你会成功的。我已经在 United Nation 总督府那里将你和要塞姬的一切生活起居条件什么的给处理完了。接下来就想着好好和要塞姬生活下去吧。我走了，Z 还等着我给他设计新的重巡洋舰火炮呢。"

就这样，逍遥游优哉游哉，哼着小曲儿，渐渐离开了这对情侣的视野，消失在一片夜色繁星下那似乎绵延不绝的走廊。

不过这个小曲儿的调子……

《婚礼进行曲》？！

真不知道逍遥游这神棍葫芦里卖的什么药。

不过既然他在 UN 那里解决了自己的生活问题，那也就是说，UN 那边想要自己和帕琪娜搞好关系，日后和深海能有更加友好的关系。

但是在友好的关系背后又有什么呢？苍蓝就不知道了。

不过也好，这样一举两得，不仅能和帕琪娜在一起，而且还能够被 UN 所认同。

看来是老天都要让他和她在一起了啊。

忽然，帕琪娜松开了刚才挽得很紧的手，并且嘟起小嘴，好像期待着苍蓝给她什么东西。

"……怎么了帕琪娜？"

不明所以，让帕琪娜浮现出了微微有点抱怨的神情，但还是能从她那微微发烫泛红的脸，看出来她要做点什么事情了。

"笨蛋！女孩子嘟起嘴就是等着她喜欢的人亲了啦！"

"哦……哦。"

两人都已脸红，羞涩到不行了。

但是还是——

亲上去了。

然后，亲吻变成舌吻了。

于是在这璀璨夜空之下，一对情侣开始激吻。

良久。放开。

"呐，提督，你知道人家为什么要和你亲吻吗？"

帕琪娜环住了苍蓝的腰，头的左侧倚靠在苍蓝的身上。

东方。

残月之色没有满月时候那么耀眼了。

"我想让这月亮来见证我们的爱情。"

"是么……"

苍蓝用右手轻轻抚摸着帕琪娜的柔顺白发,左手便手心朝上,好似在欢迎月亮。

"那么就让月亮来铭记吧——这个世界上,有一对情侣:一个叫苍蓝,一个叫 Pachina(帕琪娜)。他们的爱情,将会在这柔和的月色下,像紫罗兰一样绽放……"

黑暗的实验室里,只有逍遥游面前的工作台上发出光芒。

"U,这么晚了还不睡?"

只听见黑暗之中传出一阵声音,令人战栗。

然而对于逍遥游来说,这并没有什么叫怕的。

"T.R 老兄啊,我在准备进行量产计划。"

"又是哪个战舰的主炮呀?"

"……MK7。给一个要塞装上的。"

"要塞?是苍蓝兄弟的那个?"

"对……为了能够强化火力,保证周边安全,而且要塞姬可以在海上和陆上移动,相当于变相的舰娘,所以……"

"我知道了,不用再解释了。现在也十一点了,U,你也早点睡吧。"

"感谢关照,T.R 老兄。晚安。"

"晚安。"

T.R 离开了实验室。

月色还是如此明亮,照在还有零星灯光的星海港上。

一切在星海港的,都进入了梦乡。

除了逍遥游。那个一直在优哉游哉,背地里却无比用心、耗费巨大精力的暗金色长发青年。

但是此刻还有一个人没有进入梦乡的世界。

"逍遥，说好的那些图片呢？"

"Z 先生大驾光临，蓬荜生辉呀！"

"去，我忙活一天连点福利都没看，你就这么对我，不厚道哈。"

东寂天，星海港联合舰队提督，军衔上校。

黑发蓝瞳，但是看起来却像一个初中刚毕业的稚嫩少年，不如苍蓝那种属于青年的成熟。

只是身高不太符合，170 厘米。虽然比起逍遥游的 177 厘米，矮了一些。毕竟小的时候经常"开夜车"。

其实，东寂天是他为了隐姓埋名而创设的一个中二病气息满满的化名，他的真名已经无人提及。逍遥游毕竟被他逼了这么久，不叫他这假名也不行啊。据说是拿自己名字的谐音"东寂疯"而改的，所以知道他改名的人都知道他有一外号曰"疯寂癫"。

但最大的槽点是，明明只是比自己晚生一天，为啥还是那副少年刚刚成熟的模样……

"Z，我其实在要塞姬身上发现了一个秘密……"逍遥游轻声耳语一阵。

最后留下的，只是东寂天惊讶的表情。

转身，逍遥游继续开始了他的研发工作。

是什么让东寂天如此惊讶呢？

第三章　回忆杀

2015 年 7 月 20 日 12:01:51，星海港。

正午。

贺鹰羽因为德国方面不得不回去，但是他所拥有的俾斯麦级的 2 艘战舰因为 UN 总督府的发配留给了东寂天。

而德国最强战列舰的 H39 战列舰，则给了他。虽然在历史上，这艘战舰还没完工，二战就结束了。不过现在是战舰少女的时代，所以被造出来也是合情合理的。

东寂天由于支持粉碎"飙车党"，港口发展和对深海的行动十分顺利且完美的缘故，被 UN 总督府破格晋升为少将，此前他的军衔是准将。

而逍遥游因为开发了 UN 专属三联 16 英寸炮（MK7-UN），所以成为了 UN 总督府直系科学院的院长。但因为想继续支持星海港发展的缘故，UN 又考虑到这是一位不可多得的人才，所以允许其继续呆在星海港。

逍遥游希望继续留在星海港，是因为东寂天允许他自由旅行于整个地球。其他人可没东寂天这么好说话。

这个生日仅比自己晚一天，被誉为"幸运 S"的人。跟着他一起混，都有好东西留给自己一份。

当初，逍遥游和东寂天在同一个初中，由于两人才高八斗，当时的直系高中想要留住这两位人才。

但是逍遥游和东寂天都是追求自由的人，怎么可能会呆在那个说自己很强，实际上不怎么强的高中——那个高中和两人所向往的高中，差了太远。

东寂天依靠"幸运 S"进入了当地唯一的省重点。

逍遥游赌博成功，进入了当地重本率最高的高中。

后来由于机缘巧合，他俩再次在星海港相会。

最强科学家和最强战术家的强强联手。

逍遥游在那个学校不断进行科学研究，后来成为全校最强科学家，来到了 UN 总督府直系科学院。

东寂天凭借亦真亦假双断掌，对待每场战斗有如每场博弈，后来拥有了强大的战术理念和精明的玄学思想。

他们被共同发配到星海港。一切，从这个岛屿结束；一切，又从这个港城开始。

这就是两个人的相聚，两个人的离别，两个人的又一次相会。

每天晚上，东寂天的私人别墅里，这两个老朋友总能给这个港口，带来悠远茶香。

现在，逍遥游已经吃过午饭，来到了东寂天的办公室。

开门的，不是往常的东寂天。是他的秘书舰"欧根亲王·改一"。

"欧根妹子儿？你提督去哪了？"

欧根只是将一张纸交给了逍遥游，说："提督他去港内市区一趟了。叫我把这张纸送给您，逍遥游先生。"

逍遥游接过这张纸。

U 神：

今天去一趟市区，主要是为了迎接两个你可能熟悉的人。

啊哈，还记得和我同样抢了指标去那个 A 市内唯一省重点的那些家伙么？

就是菊花和博士啊，嘿嘿。

是这样，他们因为都是 UN 总督府派来星海港支持我们事业发展才来的。

不过他们主要是管理市区，港口依旧归我管，武器依旧你来设计。

而且，他们听说苍蓝和深海的 Pachina 有搞头，所以从被动变为主动，你要去提醒苍蓝。

最主要的是——

因为他们都是当年我校的实验体系，很会做、实、验，所以小心他们分分钟让苍蓝和要塞姬享受"天伦"的乐趣哦！

Z 书之

2015 年 7 月 20 日 10:20:38

"主人现在已经在市区迎接那两位新的同事了。您找他有什么事情吗？"

"也没啥，只是想跟他谈一个计划而已……关于要塞姬的。欧根妹子儿想听不？"

"要塞姐姐的话……也有一点兴趣。看提督提到苍蓝和要塞姐姐就很来劲的样子。"

耳语。

欧根亲王和当初的东寂天一样，露出了惊讶的神色。

"要塞姐姐……拥有 7 个装备位？！"

"是。4 个显性，3 个等待激活。"

"为什么会是等待激活呢？"

"嘘。"逍遥游示意安静。

周围并没有可疑的对象。

觉察到环境安全之后，逍遥游开口了："要塞姬归属于苍蓝以后，就有了一种东西叫做'热恋度'。初始热恋度为 50 单位。每上升 50 单位，就可以自动激活，最高上限是 200 单位。"

"什，什么热恋度啦……"欧根有点脸红，"怎么和我们的'好感度'差不多呢……"

"此热恋度非彼好感度。"逍遥游从口袋掏出了不知道从哪里买来的维他柠檬茶，开盖，喝了三口，"一般好感度满 100 单位才能结婚；但是要塞姬有个特点：只要结婚之后自动增加 100 单位好感，而且没有满 100 单位才能结婚的限制。"

"这么好……看来要塞姐姐果然不是一般的舰娘呢——不，要塞姐姐本来就不是舰娘呢。"

与此同时，星海港·市区·星海商城（Galaxy Mall）·西湖春天。

"这铁观音真是极好的，教主。"

"呃，寂爷……能别叫我教主么……"

"菊花。"

"好吧还是叫教主吧……真是对你无可奈何啊，自由洒脱的寂爷。"

此时，东寂天正与被称作"教主"的青发赤瞳眼镜青年和另一个戴眼镜的紫发黑瞳青年品茶。

"寂爷，没想到过了这么多年你还是和当时一样逗比……能别这么逗比么，我想笑……"

"看来是在下赢了，哈哈。"

铁观音的苦涩感刺激着味蕾，温茶慢慢入喉。

"博士，"东寂天对紫发的青年今天第一次说出了正经的话，"现在深海成为了我们的盟友，但是我怀疑我们人类这边可能会出乱子。"

"何以见得呢？寂爷。"

"你要知道，深海是一个团结性很强的团队……甚至比美利坚更团结，几乎为一体化，高度集中的军事体制。而我们人类总有一些人吃饱饭没事干……只是，我最近掐指一算，感觉是时候把你们拉来这里了。"

"原因是为何？"被称为"博士"的青年问，"难道说……"

"我怀疑日后人类总有一方会叛变其他国家，从中作梗。但是我作为大中华对深海的代表，我的基友，云圣贤，美籍华人，作为美利坚对深海的代表，不会放弃和深海合作这种有利于我们发展的事情的……"

"你的意思是说中东了？就那个地方还是挺喜欢'搞搞阵'（'捣乱'

的粤语说法）的。""教主"说。

"不，不一定……我掐指一算，发现和欧美中日俄这些大国大联盟可能还有一丝的关系——有可能是深海看不到的直接关系。但我相信'永恒利益说'必定是其关键。"

"所以这就是你把我俩从实验室叫来这里拿高薪的原因？"

"博士，别这么严肃的语气嘛。"东寂天笑道。

"都说了在外面别叫我博士……低调点……"紫发青年黑线。

"对，硕士硕士就好。"依然是一副灿烂的、人畜无害的笑容，这还是青年么，明明是刚刚成为少年的正太啊！

"真是败给你了……""博士"扶额，头上好像冒出黑色混乱线团的样子。

微笑。默叹。饮茶。

东寂天依旧是那副样子，笑里藏刀。

"然而我叫你们来是因为……"

东寂天从身子右侧的、白色衬衣的口袋里拿出一张照片。

是苍蓝和帕琪娜。

"逍遥游跟我说了，帕琪娜身上不仅有 4 个装备位，还有 3 个可以激活的隐藏装备位。"

"7……7 个装备位！"

"博士"和"教主"同时惊讶。

"而且我们打算在一个准备正式投入生产的舰娘身上实践这种隐藏装备位。"

说罢，东寂天又拿出了一张简介表——日本的大凤号装甲航空母舰的设计图纸和舰娘外表。

一个有着红色双马尾的舰娘。

所有人都没有想到，这次逍遥游的稿子，居然已经和职业画师没有区别。平常他可没画得那么仔细，现在甚至连色都上了，还润色了不少！

"我感觉到，这次逍遥游对这个舰娘情有独钟，他之前就跟我说过相关的计划，已经持续了快三年了……身为舰娘的数据掌控者'罗博仕'和舰娘装备协调控制员'李天棠'的你们，应该可以做出与帕琪娜类似的装备位安排吧？"

"……"

两人盯着简介表，无话可言。

"二十万美金悬赏，爱要不要。反正可以借用总督府的公费报销。"

"那好吧，寂爷。我们答应你，来到星海港，成为'研发者'。"

"另外，大凤即将竣工，我给你们 2 天时间，务必要在逍遥不知道的情况下完成装备位改革计划，是时候展现你们的实力了。"

说完，东寂天拿起放在椅子之后的黑色西服大外套，披在身上，笑容满面地离席而走。

出了西湖春天，拿起爱疯 6，东寂天拨打了一串数字。

"喂？妹子？听说你准备开演唱会了……老哥这里场地快弄好了……你身体没啥事情吧……哦，好好好我不问了行……诶乖啊，老哥这就叫人给你准备最上等的酒店……干脆舰娘酒店吧……啥要睡我的私人别墅？这不 lein（能）够啊……乖啊，听老哥话啊……"

妹控本质就这样代替了之前的那副腹黑之样，因为走得不远便被两个被迫结了东寂天留下来的账的两人发现了。还有那奇葩的疑似四川话的音调是怎么回事？

"这家伙还是如此妹控啊。"

"真是往事不堪回首啊，天棠。"

罗博仕无奈耸肩，好像有什么东西想说出，却又被控制了一样。

夜小淇，东寂天的表妹，今年 15 岁，颜值高、声线萌的可爱妹子一只，中国歌姬，歌手代号"夜月天淇"。

她有着蓝紫色马尾和星空般璀璨的夜色双瞳，身高约一米六五。

根据东寂天的反映，夜小淇其实是个软萌傲娇的女生。

歌唱和舞蹈实力一流，然而是个连初中数理化上 80 都有很大问题的蠢萌少女。虽然东寂天已经帮她恶补过了。

然而天妒红颜，她早在 12 岁时因为感染一种无法通过任何药物所治愈的"外星病"，虽然对于现在来说已经不是什么稀奇的症状。

3 年前，深海出现。未知集团旗下的"飙车党"开始了对深海的捕捉。深海病症从此流行。

而夜小淇当时感染之后，被判定为 3 个月内必定死亡。

对于刚刚加入新组成的实验室的东寂天来说，这无疑是个核弹爆炸一般的事情。

"为什么……上天，你要剥夺我所爱的东西……"

瞳孔收缩内的世界，是鲜红的炽血，无止的黑暗。

寂寞的他。

东寂天。

"她不是读书的料。"

"她是情和欲所诞生下来的失败产物。"

"你看她父母，平时一个忙得要死，一个出去带团……"

"小的时候过寒假，还因为她外婆看管不力结果被老城区的砖瓦碎片砸到头……"

"而且……她爸妈常年没有联系，现在就跟没妈的小孩一样……"

说这些话的人，是夜小淇的爷爷奶奶，也就是东寂天的外公外婆，这俩人之间的对话东寂天虽然表面上不在意，然而实际上很纠结于心。

现在这些黑暗的话再次冲荡他的内心。

为什么自己有着断掌之手，自己在这里凭空享受着所谓"幸运 S"的福利，傲视群雄，用强运让当初的嘲讽者闭嘴，自己的妹妹却要被世界唾弃！

为什么？！

东寂天好想让自己在地狱里锤炼，让妹妹过上像自己一样的快乐生活。

这不公平。

但是这个世界，本身就没公平可言。

因为自己自从生下来以后，对于整个世界来讲就是最不公平的待遇。

"幸运 S"，到哪里找到这种变态？

"兄弟，我有一妙计。然而却会让整个夜家纠结。"

"说！"

长跪不起的东寂天回首，话语里带有颤抖的声线和极端的愤怒。

东寂天。

东方极限之天。

东方孤寂之天。

"史莱姆化。你一直在研究的东西。"

"……够了！"

东寂天将背后的逍遥游推到了墙上。

"别在这种时候开玩笑，逍遥。我现在已经快要接近崩溃边缘。我不想我再变回当初真正孤独寂寞的疯子。"

"但是那种药物的研究成本过大，起码一年……这是最快了……三个月的话我们根本无法拯救小淇。这是唯一方法。"

当初，东寂天因为一时的恶趣味兴起，研究成功了一个蓝色的史莱姆，可以当作巨型变形虫的超级变异体——液态细胞的终极奥秘结合体，被命名为史莱姆（slime，粘液）。

超自然的产物。

"……好吧。现在只能跟他们先说了。"

东寂天晃晃荡荡，离开实验室。

逍遥游可以从东寂天摇摇晃晃的身影中观察到，此时的东寂天，已经开始向上天妥协。

也是因为这个缘由，东寂天才以化名"东寂天"而拒绝所有人叫他真名，甚至他私自去民政局改了自己的名字。

"这是唯一方法。史莱姆化风险很大，但是她不这样就会死。"

"……"

夜小淇的父母，乃至整个小家庭都聚集在豪宅，无言倾听东寂天的诉说。

"救她！小寂，你一定要救救小淇！"

夜小淇的母亲已经崩溃得不行，下跪乞求东寂天拯救夜小淇。

"小寂，小淇是我的亲骨肉。这些年我因为忙碌而无法管她，着实抱歉。但是这次无论如何，为了小淇能够活下来我愿意接受你的方案。"

夜小淇的父亲相对来说就沉稳许多，但是也是泪流满面。

但东寂天知道，她的父母……如果不是因为女儿这件事情绝不会回来的。

"你们说的，希望不要后悔。"

还是摇摇晃晃，东寂天往豪宅的大门走去。

"小淇是我东寂天看着她长大的。从她拥有生命的第一天起，我就在等待她来到这个美好的世界。从婴儿到幼儿，从懵懂无知变成全球闻名的歌姬，从可爱的小女孩长成一个美丽的少女，我一步步都在观察她的变化。"

即将走离大门，往着外面的光环走去时，东寂天回首。

"我这次要和我爸那样立一个 Flag……小淇绝对会活下来。就像我当年赌我上一中一样！"

言罢，东寂天消失在了灿烂中。

后来在东寂天的控制之下，夜小淇史莱姆化的事件只有夜家、实验室的人知道。

史莱姆化之后，夜小淇寿命无限延长，意外获得了长生不老的资格。

无限且快如光速的新陈代谢。

夜小淇也乖乖按照东寂天的指示，伪装成一个正常人。

说白了，夜小淇不过就是获得无限生命和自由史莱姆化和人化的资格罢了。

在没有被任何人察觉的情况下，夜小淇一直持续着她的歌姬生涯，直到今天。

2015 年 7 月 20 日 23:12:44，星海港市区内·中兴大厦·27 楼·星海港附属研究所。

"大凤么……"

罗博仕独自坐在实验室。

李天棠早早地滚去睡觉了。

"是时候让我解决这个数据问题了。"

熟悉的手法，罗博仕将十台电脑全部打开，进入到了智能战舰编程系统。

无限的 0 和 1 在电脑屏幕前出现，不时飘过几串英文字母。

"不就是隐藏装备位么……只要黑客一下就行了。东寂天这家伙都会的事情……看来他是想给我们发工资么……算了，到时候装备兼容系统让天棠解决。毕竟战舰装备系统是他制作的……但是东寂天白白送钱的目的又是什么呢……"

独自在黑暗中工作的他，默默思考着，手上的十指飞速地敲击键盘。

在罗博仕全然不知的情况下，蓝紫色史莱姆的黏液从门缝中流进。

黏液偷偷地，爬到罗博仕正奋战于电脑前的身躯之后。

然后，这黏液渐渐开始浮起来了……

第四章　深海的女王

2015 年 7 月 21 日　08:27:37，星海港市区内·星海商城·麦当劳。

李天棠正在品尝余温尚存的咖啡。

结果看到罗博仕的样子之后便差点喷了。

"What……博仕你怎么会困成这个样子……"

歪斜着头，睡眼惺忪的紫发青年。

虽然穿着白色衬衣、黑色长裤这种标配的西装，但还是能看出罗博仕并没有睡好。

"如果不是夜小淇这小坏蛋我今天就不会这么……哈……困了……"

罗博仕坐在李天棠旁边，居然趴在桌子上差点睡过去了。

"只是一个程式而已，把博仕搞得如此之困……看来夜小淇昨晚又闹腾了……"

突然，李天棠意识到了什么不对的地方。夜小淇？！

"等下，她什么时候来到星海港的？诶等下，这个……哦！差点忘记寂爷说了，他妹要来开演唱会……"

罗博仕还在睡觉。

啊哈……看来不止帕琪娜（Pachina）大有搞头，连夜小淇也是哈……

事实上，昨天晚上的事情是这样的……

2015 年 7 月 20 日 23:21:13，星海港市区内·中兴大厦·27 楼·星海港附属研究所。

"终于搞定了……"

关机，十台电脑的灯光消失。

"可以去睡……"

突然，刚刚迈出的右脚好像踩中了黏稠的东西！

然后，由于惯性，罗博仕摔倒了。

黑暗之中，罗博仕感觉到那黏液开始爬上他的右腿。

"啊啊啊有鬼啊啊啊啊啊！"

罗博仕尽力爬到墙边，开灯。

开灯的一瞬间，黏液退散。

"呼，吓死我了……"

坐在墙边，罗博仕松了一口气。

"博仕桑好讨厌了啦，人家抱你大腿都不给。"

只见黏液形成的水滩中间突然钻出来一个可爱的少女的头。

"夜……夜小淇？！"

蓝紫色的水滩中，史莱姆少女扎着单马尾，有着星空般璀璨的夜色双瞳。

悄然发现，自己右腿上的黏液已经完全没有留下踪迹。

"是呀，人家刚刚来星海港的说，博仕桑不欢迎我嘛？"

只见少女微笑道，十分可爱。

"呃……不是不欢迎，是你刚刚出现差点把我吓死……"

罗博仕长舒一口气。

"还有小淇，能别这样只留一个头么……怪吓人的……"

确实，一个头颅在说话什么的确实会吓到很多人啊……

"那好吧。"

一阵水花旋风过去，一个有着窈窕身材的、赤身的史莱姆少女正站在罗博仕身前。

水滩相对刚才来说已经小了很多。

"噗——"罗博仕还好没有喝水，不然……

"为啥小淇你没有衣服啊啊啊啊！"

那不该让罗博仕看到的三个地方，居然如此细致地展现在他的眼前。他果断背过身去，毕竟男女授受不亲。

"因为人家是变成史莱姆以后才来的嘛……门缝这么细人家的衣服怎么穿得过来……"

"算了，我去帮你拿衣服。"

然而打开门之后，地上什么东西也没有。

"诶，小淇，为什么我没见到你的衣……唔啊！"

罗博仕被夜小淇从背后推倒在地，然后用手支撑，并迅速转身。

夜小淇微微一笑，吐舌头道："被我用史莱姆挂在天花板上啦，笨蛋博仕桑！话说博仕桑刚才在干什么呢？"

"哦，就是给舰娘制作新的程序。"

"这样啊……那博仕桑弄完没有呀？"夜小淇把衣服拿来，将自己变回完全人形，穿好了衣服。

"刚刚弄完就被你吓到……诶等下，小淇你什么时候来的？"

"今天下午飞机啊，从上海到星海港的私人班机呢。"

不知不觉，围绕演唱会的环节，两人谈了很久。

当然，演唱会的东西讨论完以后，罗博仕无意一句有关帕里帕特迪西慕岛的事件让夜小淇又精神抖擞了起来。

"其实博仕桑你知道吗，我开过车的说。"

"诶？你不是 15 岁么？怎么有驾照？"

"嘻嘻，博仕桑难道忘记了我的能力吗？"

"……"

罗博仕突然想起来了。夜小淇的能力的缘由啊……

当初，东寂天将夜小淇史莱姆化之后，对夜小淇进行了一系列测试。

夜小淇可以感应水，而且还可以附身机器。

最重要的是，东寂天无意间把她和一个深海舰娘放在一起的时候，夜小淇居然附体到深海舰娘身上了！而且还可以自由控制！

在夜小淇感染病症前后，深海舰娘出现。

夜小淇的病其实是无法用任何药物治愈的，她感染的是"深海的女王"，和后面人们所患的深海症完全不一样。

但是深海症患者很稀有，而且都通过药物治愈了。现在已经绝迹了。

"深海的女王"病毒整个世界上只有一份，一旦找到一个较为强大的生命体，例如人类，就会直接附身，然后从此和这个生命体融为一体。

这是夜小淇在变成史莱姆以后，突然有一天做梦梦见的信息，便转告给东寂天。

但是夜小淇当初太弱小，无法控制这种强大的力量，所以被迫变成史莱姆。

其实，夜小淇因祸得福了。

东寂天没有将实验数据记载，而是靠整个实验室众人强大的记忆力——因为他知道，舰娘的数据被海盗那边偷走了。

偷走数据的海盗正是他的宿敌，贺鹰羽。

为了不给贺鹰羽那边的势力知道自家妹子这个杀手锏，于是强制用记忆力了。

因为太让实验室的人震撼，每个实验室的人都不可能会忘记。

"其实人家也是'飙车党'哦！"

"哈？！"

罗博仕不敢相信这样的说法。

之前听逍遥游他们说过有关"飙车党"被灭迹的内容，结果没想到还有最后的"飙车党"。而且还是……自己眼前的这个史莱姆少女啊！

"但人家不和那帮邪恶的'飙车党'为伍呢。人家是附体到一个拥有无人驾驶功能的'飙车党'车子里的说，本来车子颜色和人家一样是蓝紫色的。不过还好那个车子最后掉下悬崖摔坏了的说……要不然就被发现了……"

夜小淇有点害羞地吐了吐舌头，将自己的经历说出来了。

"你这间谍干得不错啊，哈。"

"人家可是史莱姆娘，是可以变形的说。哼！"

叉腰，瞑目，自信一笑。少女如是说。

"包括附体什么的，人家也很在行哦！"

三年前的当初，夜小淇花了一周时间才学会从史莱姆和人之间切换。

最初留的档案说是"深海病毒症"，而且在东寂天的计划之下，夜小淇虽然患病，但对外界众多媒体宣称是可以治愈的。

还好在这段时间也有人患了"深海病毒症"，只是当时人们都称之"外星症"罢了。

在那个时候，全球媒体争相报道有关深海舰娘的事件。

夜小淇身为歌姬，所以媒体的关注也让东寂天烦恼许久。

后来，东寂天瞒天过海，利用一个伪装成夜小淇的病人，对外演戏。

以至于媒体上报道的是：夜小淇虽然患病但已经治愈。

在那个时候，贺鹰羽听说了夜小淇，便联想到那让他恼怒的东寂天——差一点点就阻断自己出国道路的重要的宿敌。

于是夜小淇患病的那个时候，贺鹰羽偷了东寂天的数据，了解到了舰娘。

和东寂天在红景郡岛一决高下以后，贺鹰羽和东寂天和好。

为了确认逍遥游是否真正参与了舰娘的开发，贺鹰羽便对逍遥游说："不过我卧底期间，发现他们拥有可以抑制舰娘的力量的科技。逍遥游，是你干的吧。"

贺鹰羽虽然知道底细，但是为了验证当初自己偷窃的信息是否属实，就算在红景郡岛事件以后加入了实验室，知道舰娘是逍遥游开发的，也是为了在逍遥游面前演戏。

信息是我兄弟偷的。不是我偷的。

这样子扮演一个和偷数据毫无关系的人，为的是不被东寂天等人再次炒鱿鱼。

自己已经不想再和东寂天进行所谓的宿命之战了。

因为东寂天知道数据被海盗偷了，所以贺鹰羽自然不能出卖自己。

人性的渴望生存的一面，促使着贺鹰羽不要碰刀子。

海盗在知道以后，便开始控制深海。

旗下的"飙车党"因为贺鹰羽得到信息的关系，"飙车党"的其中一位首领，化名为"塞里吾斯"的车手，便开始帮助海盗总部控制深海。

最后形成了一年以前的终极宿敌关系。

根据贺鹰羽的说法，塞里吾斯现在还活着，但是下落不明。

因为他并没有和"飙车党"同时行动。

当然，这是题外话，让我们扯回正题。

在夜小淇成功领悟如何切换状态之后，有一天她来到了东寂天的实验室。

当时东寂天正在进行有关深海舰娘的测试。

之前深海舰娘出现的时候，东寂天通过他的基友，云圣贤，在海盗那边走私了各个样式的深海舰娘。

驱逐、轻巡、重巡、战列、战巡、航母、航战、潜艇，所有样式全部走私到了。

东寂天此时正在研究战巡 K 级 I 型 138 号。

"老哥，干嘛呢？"

"哦，没啥，只是'搞搞阵'罢了。"

"嗯？"

夜小淇叉腰，靠近在战巡身边计算数据的东寂天。

"好吧告诉你得了，"东寂天放下手中夹着纸张的塑料板，"深海舰娘听说过吧？"

"听你说过一点呢。"

"这就是我从贤仔那里走私过来的深海舰娘，分类是战巡 K 级 I 型，这是 138 号舰。"

"什么战巡 K 级的……根本不知道啊……"

"以后你听我说多了就知道了。"

夜小淇对于战舰的分类并没有兴趣，只是在三年以来听东寂天说得多了便熟悉了套路。

但是夜小淇接触K级以后，脑海里突然传过一个老者的声音："你想拥有力量么？"

夜小淇诧异之余，老者的声音再次激荡她的心灵。

"利用史莱姆特有的优势，附体到这个战舰身上吧。你将拥有守护你想要守护的东西的力量。去吧，孩子。深海的未来女王啊，你便是人类最高科技核心产物的天敌，控制者！"

夜小淇将右手化为史莱姆，接而将全身化为史莱姆，脱离衣服。一跃。和K级融为一体。

东寂天将这10秒尽收眼底。

"什，什么鬼……"

东寂天瞳孔收缩。惊吓。惊颤。

他似乎感受到了来自她的气息。

深海的女王，她醒来了！

突然，K级身上焕发出了星空深蓝的幽邃！

"这，这……大新闻啊！"

东寂天突然间想到了什么。

自己的妹妹能够附体深海！

K级睁眼，却不是原来的粉紫色，而是深蓝。

深海之蓝。

"嗯……我现在是怎么了？"

K级的声音居然和夜小淇一模一样。

"小淇……你，你附体到K级身上了？！"

"……应该吧……"

"……"

东寂天沉默了。

既然小淇可以控制 K 级，那么由此可以推测其他深海舰娘也能控制了……

"小淇，跟我来一趟。"

东寂天将夜小淇所控制的战巡 K 级带到了一个类似战舰演习场的海域。

"召唤战舰吧。"

召唤战舰？等下，突然间知道了……只要心中所想……

东寂天再次被震惊。

那战舰已经完全归属于夜小淇，

看来这小妮子因祸得福了？

接下来，小淇的表现如东寂天所期待。

小淇可以控制舰娘！

后来，根据东寂天的多方面测试，最后总结出了小淇的能力：控制液体，身体自由史莱姆化和人化，附体机械，甚至……水，冰，气魔法！

于是在和夜小淇的谈话中不知不觉磨到了凌晨一点。

"啊，博仕还在睡觉啊……"

品完咖啡，罗博仕依旧趴在桌子上睡觉。

李天棠只好玩起手机，默默等罗博仕再次醒来。

10 分钟以后，罗博仕便如往常一般精神。

"啊，你醒了啊。"

"呼，感觉还行吧……话说我的餐呢？"

"自个点去。"

"噫……说好的帮我点呢……算了不理你了，我自己去吧。"

罗博仕起身，向麦当劳的点餐区前进。

2015 年 7 月 23 日 10:41:09，星海港。

"啊，这里就是星海港了呢……"

大凤来到了这里。

逍遥游，她的研发者，将她带到这里。

"到时候我们去见新提督，我的老朋友东寂天少将。"

"少将？看来是个很厉害的提督呢。"

于是，他们从日本出发，来到了星海港。

然而他们不知道的是，东寂天，要给他们一个惊喜，东寂天打算留到逍遥游和大凤结婚时的惊喜，如逍遥游初言东寂天感受到的那份令人震撼的惊喜——7个装备位。

而且，东寂天可以感受到，前几天讨论有关大凤计划的时候，逍遥游变得像一个女孩子的男朋友一般，对大凤似乎有特殊的关爱，不像之前讨论的那些战舰一般。

"我相信只要我做了这些手脚，你肯定会把大凤的归属权交给我，让我成为她的私人提督……你一定会的，Z……"

两人的脑电波突然在两人互不相知的情况下开始契合。

"大凤干脆留给你好了……我算过命数，你们俩会在一起的……就像我当年赌我上一中，赌小淇绝对能活下来的那个样子……"

"衣笠酱，"东寂天示意在身边的日本重巡洋舰青叶级二番舰，衣笠（Kinugasa），"迎接他们吧，衣笠酱，大凤毕竟曾经和你一样是同个阵营的——虽然现在无论何国舰娘都是一家人。"

"好的提督桑！记得给我准备巧克力味牛奶的说！"

"会的，衣笠酱可以放心啦。"

衣笠离开了东寂天的私人别墅。

黑发青年饮茶，瞑目，微笑。

他有预感，大凤的到来，将会让整个港口进入到一个全新的阶段。

至于长得什么样，他就不知道了。但他相信自己的直觉，没有错误。

第五章 "婚礼"

2015 年 7 月 27 日 17:16:45，星海港·星海港私人机场。

"好久不见，Z 仔，你还是这么少年样啊。"

"咋，不行么？我本来就这样啊，嘿。"

从 UN 专属的私人直升机到达这个比一般机场略小的私人机场之后，他们便相会了。

他们是最初的四人组。

最显眼的是云圣贤。

白发而蓝瞳，和东寂天的黑发蓝瞳相互照应。

他是 UN 总督府外交部部长，为了人类和深海他无限奔波。

总是穿着黑色燕尾西式礼服的他是如此儒雅，迷倒众多女生。

包括舰娘。在舰娘之中，他总是最火热的话题之一。

"啊，快看，是圣贤 SAMA（日语，意为'大人'，尊称）诶！"

"最喜欢看提督 SAMA 和圣贤 SAMA 的 Gay 情了呢！"

呃，好像没什么不正常的，虽然东寂天确实没和云圣贤搞基就是了，只是同床，嗯。

其次是蓝空飞。

"天蓝色的秀发，眼镜下是耀眼的天蓝色双眸。擅长探求人性以及人心，一眼望穿秋水。无论是哪个人，他都能从一举一动看出此时那人的想法。

"噫！真是一个腐女，不过如果是 Z 仔和贤仔的话还好说，哼哼……"

蓝空飞富有深意地莞尔一笑。

"哇阿空笑了诶！"

"是朝着我们的吗？真是好开森的说！"

"啊啊啊啊啊好激动啊啊啊！"

蓝也是最初实验室的人，在心理学方面上，他出了很大功劳——他是UN总督府旗下直系科学院的心理学顾问。

为何人类舰娘诞生之初如钻石一般澄澈，没有像石墨那样的杂质呢？

蓝知道人性之美，将人性之美的理论融入了舰娘。

所以，舰娘都是最美好的存在。

就算是深海，只要友善对待，她们，来自深海的姑娘们也会和人类和睦相处。

蓝的作用倒是蛮大的。没有他的话，舰娘就只能局促于机器人的思想，只是人工智能罢了。

那样的舰娘，毫无意义。

蓝看到此时为他而着迷的舰娘，他是开心的。

因为舰娘是真正喜欢他。

他帮助最初的舰娘排解心理问题，让她们找到了存在的意义。所以他功不可没。

最后便是炎炽云。

笑容之中不知其真正含义。

十螺指纹的无忧无虑者。

比东寂天更加强悍的存在。

东寂天的才能仅仅局限于战舰的战术等技巧，但炎可不是。

他是UN总督府旗下直系科学院的人工智能开发者。

炎和蓝是一对基友，他有着深红色的柔顺长发，笑眼之中是无法预测的酒红之瞳。

和蓝一样共穿实验室标配的白色长袍，黑色领带，灰色而左胸前有着口袋的衬衫，黑色的皮带，黑色的长裤，和锃亮的黑皮鞋。

在他和蓝的帮助之下，舰娘的心智模型制作得以成功。

如果蓝是"心"的引路人，那么炎就是"智"的传授者。

每当舰娘对人类世界有未知的东西，炎统统能够处理，而且十分亲和友善。

他的笑容，看起来倒是在开玩笑，好像只是发现了有趣的东西罢了。

然而就凭这个笑容，舰娘喜欢他就像喜欢蓝一样。

炎和蓝是亲密无间的同事，所以也会一直在一起工作，吃饭，睡觉。

前几天，东寂天接到上级命令，云圣贤、蓝空飞、炎炽云将前往星海港对东寂天进行港口周边的开发的支援。同时，星海港因为成为了 UN 总督府在东南亚地区的最重要领地，许多舰娘在下水以后便逐个前往那里，因此需要蓝空飞和炎炽云对舰娘进行及时的心智模型维护。

云圣贤作为 UN 总督府外交部部长，兼美国对深海的代表，自然对星海港有举足轻重的作用，因此在 UN 总督府命令下来以后便自愿决定来到星海港，兼任星海港的港区外交官。这样星海港便能得到众多大国的资源和技术支持。

深海的行动不得不让人类开始审视自己的整体利益。

所以目前只能友好交往，仅此而已。

就这样，当初同一个小学的"四人帮"，再一次团聚在星海港。

四位一体，再次并肩作战。

站在前锋的东寂天（Zero，零），左之翼的守护者蓝空飞（Nebula，星云），右之翼的守护者炎炽云（Blaze，炽焰），以及站在三人中间，高高在上的云圣贤（Saint，圣者）。

"欢迎光临目前我所管辖的星海港，从今以后我们便是同事了。"

四人来到东寂天的私人别墅。

"我这私人别墅蛮大的，开了比较多的房间，本来就留了三个和我房间一样配置和面积的房间给你们临时住宿的，结果真没想到我们四个会在一起工作生活哈。"

"Z 仔真是英明。"云圣贤竖起右手的大拇指。

"话说我们这里有两对情侣准备结婚了。逍遥游和大凤，苍蓝和帕琪娜。"

"哦哦？！"

"那可一定要去啊！Z仔记得带路哦！"

"蓝仔炎仔你们晃（放）心，我肯定会的——好东西要大家一起分享才是嘛。"

"噫，这人好污，我不认识他。"炎炽云装得好像根本不认识东寂天一样。

"你们来得正是时候，婚礼日期定在明天。我算过黄历，明日适合嫁娶。不信自己百度去。虽然我们这里是借用新加坡的电力和光纤，但是新加坡VPN还是能上中国的一些网站的，放心用。"

"那我们先去收拾收拾，等会六点钟我们组队去这附近吃个饭。"

"星海商城吧，我请客。"东寂天说，"这附近已经跟香港那种环境差不多了，只是氛围更像是魔都上海，不过毕竟只是跟香港岛差不多的海外特批开发岛屿罢了，虽然也不在地震带，倒是蛮安全的。不说了，我等你们先。"

说罢，几个朋友就去收拾自己的房间了。

在前两天，2015年7月25日早上，夜小淇因为巡回演唱会在星海港是最后一站，所以接下来她就可以收钱休息一阵子，顺带陪东寂天玩了。

而那个时候，逍遥游便告诉了东寂天，说大凤愿意和他结婚。

然后东寂天当机立断，让逍遥游"在这里美美地候着就是了"，然后丢下一句"婚礼钱我来出"就去弄关于这方面的事情了。

路过苍蓝的私人别墅，东寂天又想起了那些当初逍遥游上传到Q群里的图片，于是……

干脆来场"双飞"double吧，嘿嘿……

十五岁少年般的脸庞，又一次浮现出邪魅的微笑。

这个亦正亦邪的家伙，又要做些什么呢……

2015年7月28日12:33:50，星海港·星海商城·星海大酒楼主要餐厅区。

婚礼现场，一切都准备妥当。

现在，梳妆室里，大凤已经穿着圣洁的婚恋之纱，出现在逍遥游的面前。

在少女樱绯红的眸子中，倒映的是同样身着一袭白色的暗金长发青年。

如她初见的那份无可替代的光辉。

这个小小的梳妆室里，除去这对新婚之男女外，就是把大凤打扮得如此可爱动人的夜小淇。

"大凤酱变得真漂亮的说。"夜小淇微微一笑，扬起一点嘴角。

大凤有点不相信镜子前的华美新娘正是她自己，"这，这真的是我吗？"

看，在那个镜子中的少女，是如此美丽。

足以倾国倾城的，堪比漫天飞舞的樱花的少女。

逍遥游半跪自己的右膝，用双手环绕着正坐在没有后靠的椅子上的大凤的细腰，轻轻用带有一丝磁性的声音消除眼前正从镜子中呆滞地看着自己的少女的顾虑："It's real. It isn't a dream.（这是真的。这不是梦。）"

青年将头搭在所爱的少女的右肩上。而听到答案的少女把自己的头倚靠在青年头边。

"是真的呢……提督，大凤感觉好温暖……"

就这样，这对新人沉浸在一片浓浓爱意之中。

"你们两个是不是忘记了我啊……"

这份怨念将爱意凭空蒸发得干干净净。

"Show en'ai，quickly die……"

"嘛，小淇酱对不起啦……但人家真的很喜欢这种被别人爱的感觉，就像……"

"就像大凤和逍遥哥在房间里的洗浴间中吗？"

夜小淇看起来好像一个什么都不知道的小女孩，用着萌萌哒的声线说着这样不该说的话。

"小淇酱你说什么啊……人家会害羞的说……虽然，是，是这样啦……"

面赤，耳红，心怦，害羞。

"那么你们先在这儿，等我哥的命令吧。我去找我哥啦。"

说罢，夜小淇便带着玩耍他人之后的喜悦，一蹦一跳地离开，并关上了门。

"欢迎各位亲戚朋友参加逍遥游和大凤，苍蓝和帕琪娜的婚礼！"

"这位贵宾请跟我来唷！"

衣笠等舰娘引宾客入座，此时她们的衣服前都别上了用中英两文所写的"迎宾"。

然而，正在接待客人的云圣贤看到了两个熟悉的人，他们身后亦跟着二人。

身材微胖却长得结实的中年男人，和一个仅有一米五出头的波浪短发女人。

"Z仔的爸妈！"了解到真相的云圣贤颇为惊喜，"叔叔阿姨好！"

而东寂天则是异常兴奋，"艾玛！老爸老妈大驾光临？！还有……逍遥的父母？！"

"听说我们家逍遥要和一个舰娘结婚，这不是好事吗？"

"是啊孩子他妈，我们家看来又要中一次头奖了——和舰娘结婚不仅能有更加优异的后代，而且可以得到UN总督府的补贴，衣食无忧，享受的待遇简直是好得不能再好！老东，看来我和你家那个也是断掌的小子在一起果真是真正的'双重幸运S'啊！哈哈！"戴着眼镜，酷似一位读书人的中年男子对东寂天父亲笑着说。

而他身边，逍遥游的母亲，虽然长得朴素一些，但她的喜笑颜开足以证明：她为自己这个优秀的孩子能有今天的这般成就而感到自豪。

"玄能改命，这是我们家小寂经常提的，果真是玄学呀！"东寂天母亲微笑道。

东寂天这回可乐得开花了。

新郎的父母和自己的爸妈都十分支持这门婚事，看来今夜注定是一场良宵呀！

"叔叔阿姨啊，"东寂天保持微笑，"我曾经听说过，一个版本的'世上最美好的生活'，就是拥有一栋欧式别墅，一套美国家电，一个中国大厨，还有一个——"

东寂天把"个"字的余音拖长了。

"日本太太！"四个中年人同时回答。

"没错儿，这次的新娘正是来自日本的大凤号航空母舰。不说多了，请跟我来吧。今天的婚礼我是主持人。"

渐渐，宾客都入了席。婚礼，Start！

"女士们先生们，欢迎来到逍遥游先生和大凤小姐，苍蓝先生和帕琪娜小姐，两位年轻提督和他们的专属舰娘的，婚礼！"

"婚礼"这个词的响度明显增强了。

掌声雷动。

"现在有请他们出场！"

在万众瞩目下，一对新人踏着红毯走来。

"大家是不是很疑惑苍蓝先生和帕琪娜小姐在哪呢？那么——"

东寂天打了个响指。

"出来吧，我想你们肯定迫不及待了。"

同样是受到猛烈关注，但是苍蓝此时却以公主抱的姿态，抱着帕琪娜，两人身着和逍遥游与大凤同样的白色礼服和婚纱，在一片惊叹声中走上红毯。

轻轻放下要塞少女，苍蓝以微笑面对她。

"噫，这真是特别的出场方式。我喜欢，给个十分！"

东寂天伸出右手，好像迎接似的，欢迎入场的苍蓝和帕琪娜。

"请让我来代替神父向你们祝福！"

掌声似乎比刚才更加响亮。

"那么问题来了，无论顺境或逆境，贫穷或富裕，健康或疾病，你们都愿意爱惜对方，尊重对方，安慰对方，保护对方吗？"

"我！愿！意！"

掌声已经达到了瞬间爆炸的境界。

"现在，请新郎新娘交换戒指，然后以一次交杯酒，来铭记这场盛大的爱情！"

四人都满怀着爱情之心而做了这些事情。

"最后，让我们用最猛烈的掌声，祝福这两对新人在婚姻的道路上，天！长！地！久！"

掌声几乎震耳欲聋。

在这场婚礼上，觥筹交错，亲戚朋友逐个祝福这两对处在热恋当中的新人。

"你们记得了，为了能让观众们的心情达到高潮，按我说的做就是。"

这是东寂天在离开另一个梳妆室以前对苍蓝和帕琪娜说的最后的话。

果不其然，真的如此。

"提督，人家感觉好幸福呢……"

帕琪娜靠在苍蓝坚实的臂膀上，展现出幸福的微笑。

就像一只可人的小猫咪。

而苍蓝自然而然地将帕琪娜揽在自己怀中。

"是啊，看来这就像Z桑、逍遥大大说的那样，我们注定会在一起呢……"

原本只是一个被发配到帕里帕特迪西慕岛的小小警官，结果没想到自己的人生竟会在一个月以内发生翻天覆地的变化，让苍蓝甚是惊喜。

而苍蓝的父母，也如他期望，来到这里，为他和怀中这个小猫咪一般的要塞少女祝福。

"儿子，你终究是长大了啊……"

"这老婆不错，第一眼就知道她是很好的女孩子呢，好好珍惜呢，苍蓝。"

"会，会的！"

"真的是好温暖啊……"苍蓝这样在心里说道。

婚礼的现场，还是这样热闹非凡呢。

第六章　直布罗陀暴动

2015 年 8 月 10 日 12:13:46，星海港。

"大事不好了！"东寂天拿着皇至臻发来的电报：

"地中海区域出现大量深海舰娘，疑似被海盗洗脑控制，准备向人类建筑攻击，欧洲方面的德国海军少将贺鹰羽和英国皇家海军少将皇至臻正在率领胡德、威尔士亲王、H39 等主力战舰抵抗攻击，需要大量增援，请在 8 月 18 日之前突破直布罗陀海峡到达洛里昂附近海域，参加新的 UN 总督府会议，事况紧急，请速速支援！"

"现在我们需要在 7 天之内突破直布罗陀海峡，虽然对我来说 5 天足矣，但是这次可是海盗出手，估计只能有他了……"

"塞里吾斯，这是他的化名，疑似美国人，海盗目前的几大首脑之一，目前下落不明。"

云圣贤不愧为 UN 总督府的外交官，只要是跟人的身份有关的东西他都能查询得到。

"不仅为了我们能够保住我们现在所有的，星海港这个大饭碗，也为了帮助我的其他同事处理这摊事情，我们需要国际方面上的护航。现在被海盗控制的深海舰娘状况如何？"

"目前仅出现在地中海海域，而且数量十分巨大。我猜是被洗脑之后引来许多深海舰娘，然后集体控制吧？"

"有可能是这种情况。我记得小淇的深海的女王应该对深海舰娘有感知功能，只是我今天早上问了她了，她说她感觉到附近并没有深海舰娘出水活动的迹象，反而还有部分以较为缓慢的速度前往印度洋红海方向。"

"果然有了小淇以后深海的动向我们一清二楚呀。"

"既然我们的主要战场是地中海，那么我想我需要去一趟德国，找老朋友了。贤仔你有关系，帮我联系几个专机，我、你、蓝仔、炎仔、逍遥、乔治、苍蓝是要去的提督。至于舰娘就是我们目前有的全体舰娘，包括苍蓝的帕琪娜。"

"不留下几个舰娘看守港口么？"

"……那就留下古鹰级和青叶级吧。我想她们应该能够胜任港口维护工作。"

"好，我这就和 UN 总督府的同事联系。"

2015 年 8 月 11 日 09:38:45，星海港·星空军用机场。

"接下来我们就要前往德国了，虽然准备比较仓促，但是我只想问大家，对于这次有把握夺取胜利的战争，你们愿意为世界人民所期待的较为和平的局面奋斗么？"

"愿意！"

"很好，这个气势不错，那么……"

东寂天扣上提督帽，眼神犀利，嘴角邪魅地上扬。

"如果杠了被洗脑的深海舰娘，辅助我们完成对海盗重要领袖之一塞里吾斯的缉拿归案，就给你们休一个长假。因为我算过的，只要这次塞里吾斯被杠了，海盗那边一时半会不会再次作死，毕竟 UN 总督府的力量我还是信赖的，他们在事件结束以后不会放弃继续搜寻海盗下落，在这段时间我们就可以休一个长假。我算过了，就算没有半年，起码有五个月！"

"好耶！"少女们愉快地喊道。

"起码有五个月？"

逍遥游语气突然变得奇怪。

"起码有五个月！"

东寂天坚定而自信的语气。

但是接下来，东寂天和逍遥游想起了老梗——

"骑马舞！偶吧港南丝带！"

看到这两个提督突然间跳起了骑马舞，众人都惊呆了。

"咳咳，说回正事。其实五个月已经是十分有把握可以保证的了。"

东寂天清了一下嗓子。

"接下来就要上机了哟。"

炎炽云刚刚说完，东寂天便做出了滑稽的笑容。

"噫，炎仔好污，居然要上，机……"

"明明你才污吧 Z 仔，想象力这么丰富。"

突然，东寂天被两个妹子同时用拳头砸头。

"嗷！"

身着黑色制服、黑色长筒袜和灰色长靴的黑长直发的青瞳少女，身穿短袖迷彩上衣和迷彩热裤、黑色长筒袜和迷彩长靴的银发灰瞳少女出现在东寂天身后。

"哼，指挥官真坏……"

"就是就是，居然想要上我和小珑，真是不可饶恕呢。"

"小琴，我们等会去捉弄指挥官一下吧。"被称为小珑的黑长直少女对被称为小琴的银发少女小声地说，虽然还是被耳尖的东寂天听见了。

"嘻嘻，好啊！"

啊，看来有不好的事情发生了啊……不过她们整我也算了，反正我都被整好多次了。

"好了，我们进去吧。"

"明明你的计划里没有那两个妹子的啊，Z 桑。"

"她们可是我这次出行的最后杀手锏，虽然是跟中国和美国那边借用的就是了……就让塞里吾斯做好觉悟吧……"

"出其不意,攻其不备,瞒天过海。不愧是我苍蓝的上司,Z 桑——东寂天。"

"威龙，猛禽，中国之龙，美国之鹰，看来这次装逼权是我的了。"

"阁下成功确保装逼权，是在下输了。"

苍蓝不得不佩服东寂天设定的战术。

哼，这只是初步……我和人赌博多年怎么不会知道留下 N 张最后底牌呢……J20 和 F22，其实这还不算我的最后底牌……

东寂天城府极深，这才是他恐怖的地方。

表面上经常装得十分呆萌，天天除了工作就是打游戏就是对夜小淇卖萌。

但是谁知道他的背后究竟有多少张面孔？

东寂天自己都数不清，更何况其他人。他是个多面派，一个有着许多面具的男人。

我可不止两面。想了解我的底细？恐怕没有这么简单。

笑得和少年一般阳光的他，坐在头等舱，思索着。

航空餐来了，是东寂天最喜爱的牛肉饭。

但是吃了一口以后……

"噫，居然有辣条……"

东寂天黑线。

"苍蓝，真没想到我吃个航空餐居然有辣条。"

"什么鬼？！"

苍蓝惊呆。

"估计是那两个飞机娘的恶搞吧。"

"你还说对了。我正好看见她们在航空餐加热之后放了辣条。"

"喵，刚才确实看见小琴小珑在微波炉前闹腾了一下呢喵。"

原来只是这样么……我还以为是什么恶作剧，原来只是辣条……

2015 年 8 月 12 日 19:47:13（柏林时间），德国。

"或许只有你这里才能安全一些了。像法国南部，意大利等地中海沿岸国家可能不会太平。尤其是西班牙，直布罗陀海峡啊……"

“还好啦。”

吃着德式香肠的东寂天正在和有着火红色长发的德国海军少将贺鹰羽对话。

“H39 比我的俾斯麦级好用吧？”

“还行。”

“话说红景郡那次你应该原谅我了吧？”

“世界的错，我已经不会再怪你了。”

苍蓝在一旁的墙壁，偷听在阳台上喝德国黑啤吃德式香肠的二人的对话。

红景郡？

苍蓝，正是一年前"红景郡飙车大赛"的见证者之一。

他当时只是一个警员，平淡无奇。

他并不知道，当时开着 McLaren P1 的二人，正是他现在偷听的那两个人。

现在，他了解到了真相。

东寂天因为当年抢了全校最后一个一中指标，以至于和他同分的贺鹰羽以参考科目生物与地理的一分之差，差点就没法上一中，以实现自己的出国梦。

从那时起，贺鹰羽和东寂天的宿敌关系正式确立。

"I'm your rival." 他当初这样想，但他没打算把自己已经考上了的事实告诉东寂天，直到现在，东寂天都不知道他已经考上一中。

直到一年前的"红景郡飙车大赛"，贺鹰羽以 0.1 秒之差完胜东寂天，才让两人结束宿敌关系，回归以前的好友身份。

苍蓝自己身为警员，也还记得当初这两个开 McLaren P1 的家伙特别难缠，唯独这两个人没被抓住。

但谁知道自己放过的东寂天最后会帮助自己呢？

当时东寂天并不认识苍蓝。

直到后来苍蓝知道东寂天是星海港联合舰队提督的时候，自己已经是一名"飙车党"缉拿警官。但也只是一个小警官罢了。

但是东寂天通过贺鹰羽了解到当初"红景郡飙车大赛"，那个穷追不舍的，开着 Lamborghini Murcielago LP 670-4 的警员，竟是如今见到的这个和自己年龄相差无异的青年。

就让他来成为新的，对深海和人类关系缓解的最具有影响力的人吧。

东寂天是这么想的。

后来，苍蓝，这个和他同一国家，同一年龄的人，就因为东寂天而改变了自己的一生。

这就是真正的造化弄人啊。

"现在你算是知道了吧，苍蓝。但是偷窥是不对的。"

东寂天将双手伸进裤袋里，表情冷若冰山。

曾经去李天棠那里帮逍遥游大凤拿戒指的苍蓝，也从他那里了解到，东寂天是个资深的表情帝，无论是冰山还是滑稽都能模仿得生动形象。

"怎样，德国这里还不错吧？我也打算去骨科看看。"

"Z 桑还是这样的死妹控啊……"

"不过既然你偷听我和贺鹰羽扯黑历史，就罚你……"

耳语。

"原来只是这样啊，我还以为是什么困难任务呢。交给我和帕琪娜啦！"

"贺，接下来你的任务很简单，就是用 H39 在夜间什么都不知道的情况下，我开干扰器干扰舰娘的雷达等监测设施，然后在直布罗陀海峡大西洋方向对内使用两座 MK7 主炮，炮击击沉主要旗舰。"

"但是她们的战舰只要利用单纵阵不就可以双重攻击了么？"

"我们来场赌博，如果我胜利了就把齐柏林给我，如何？"

"呵，要是 H39 出事我决不饶你。"

"没事啦，大不了我辞工不干了。"

"什么？！"

在苍蓝和贺鹰羽的惊叹之中，东寂天的邪魅之眼闭上了。

但实际上，他早已看穿整个战局。

因为，这是他的计中计。

或者，这是他的计中计，计中计中计。

没错，这就是我的计中计中计。妮可妮可妮……

东寂天此时心中早已做起了《Lovelive》里矢泽妮可的"妮可妮可妮"的招牌动作。

但是少年之颜的邪笑，表明这一切不会简单。

2015 年 8 月 14 日 07:56:20（罗马时间），意大利。

"西西里……我回来了……"帕琪娜轻声说道，脸颊边划过一颗泪珠。

想当初，自己就是在这里被摧毁的，自己也是在这里拥有人类的智能思维的。

"真希望我们能这样平静地生活下去，永远没有战乱呢……"

"是啊，我也希望这样呢，帕琪娜……"

苍蓝用自己坚实的臂膀将帕琪娜揽在温暖的怀中。

帕琪娜头倚着苍蓝，凝望这初升的太阳。

"提督，这样浪费出击的时间可不好。"

一旁，欧根亲王还在吐槽东寂天为什么这样拖延时间，甚至起床之前还在卖萌"欧根欧根欧"。

"还有，以后不许卖萌啦……虽然现在的提督比以前战争年代那时候的要亲和一些，但是工作要紧不要学我欧根欧根欧了啦……"

欧根脸上出现几分绯红。

"因为我都算好的，逍遥游也承认我的想法是争缺滴（正确的），是 lein 沟滴（能够的）。"

"提督又在学你当年初中物理老师那神奇的四川话了……"

"因为我们要追随 Duang（光）头的意志！不还趴（害怕）！"

"提督真是……唉，算了……"

只见东寂天微笑之中透出一股正义的邪气——是能够驱散黑暗的，不一般的邪气。

"欧根，我和贺玩赌博，如果我赢了就给我齐柏林。"

"是……是齐柏林姐姐么？"

"对啊。但是我输了那我自愿辞职。我说到做到。"

"诶，为什么……"

"因为当初，我就是被逼出能力和玄学的。我上一中是被多方面逼的。如果不搞一点东西逼我，我不会这样认真地对待战斗。而且这次赌的内容是让 H39 偷袭直布罗陀海峡方面的旗舰，我早有应对的秘方，所以不会担心不胜利。"

"秘方？能告诉我吗提督？"

"你给我卖个萌。"

"诶……嘛，提督，这个……"

做了几秒钟的思想斗争，欧根决定……

"欧根欧根欧……"

"欧根真可爱啊。"

东寂天看着眼前的少女做着可爱的招牌动作，于是决定告诉她真相。

耳语。

"什么……居然是……"

东寂天果断捂住欧根的嘴。

"天机不可泄露。而且我们港口欢迎来自世界各地的舰娘，那个舰娘虽然和你不是来自同一国家，但是也要好好相处哦。"

"嗯，会的提督。"

谁知道东寂天的算盘呢？

"她"主攻深海旗舰，"她"负责护航同时在舰载机里掺杂 J20 和 F22 迷惑对手，"她"负责在地中海利用盾牌掩护对手……然而这还不够……还有陆基单位的"她"利用坦克般的优势攻击对方……还有更多杀招……总而言之，这次算盘我赢定了。这么多王牌，区区深海也无法阻挡我了。

"啊，Z桑，我的提督去哪了？"

只见大凤一脸慌张，她发现今天早上她的提督逍遥游不见了。

"去执行一个秘密任务，无可奉告。但是你的提督这次会获得一次甚至超过我的大奖赏。"

看来逍遥已经出动了……塞里吾斯，做好死亡的准备吧……"飙车党"，我知道抓住塞里吾斯代表着什么，但是你们不会得逞的。因为天佑逍遥，天亦佑我啊……"幸运S"不是浪得虚名。

然而，东寂天的计划，远远不止这些。

因为还有其他的底牌，东寂天一直都当做压箱底，用都没用。

战神东寂天。

当初凭他一个人和几个舰娘打下整个南海，坐享星海港这个圣地的战神。

看来，战神这次又要当赌神了呢。

只是上帝真的会护佑他么？让我们拭目以待，看看"幸运S"的真正力量吧。

第七章 双线作战

2015 年 8 月 14 日 17:13:20（罗马时间），意大利·西西里岛。

T.R，为数不多的深海症患者之一，国籍未知，现于意大利西西里隐居。

目前手上有一个舰娘，大青花鱼。

T.R 自从患病以后被 UN 总督府的逍遥游接手，然后被改造成所谓的"恶魔"——能够释放使智慧生命产生"惧"的深海能量。

但是大青花鱼之所以不惧怕，是因为她是逍遥游派过去的实验舰娘，也就是小白鼠，为了测试在和 T.R 相处久了以后是否还会对这种能量具有反应。

实验结果如逍遥游的预料，大青花鱼最后已经不再害怕。

因为她发现这种能量初次感应的时候会有强烈反应，但是长期在这种只是心灵激荡的环境下生活，已经获得了抗性。

但是这两个家伙居然产生了感情！

逍遥游并不害怕，因为他本身就是 T.R 的改造接手人。

当初，为了测试"惧"的功效放大器，所以把 T.R 临时叫来，以至于在自己研发 MK7 的时候 T.R 还是在围观的。

此时，塞里吾斯的房间里，那个青红发青年，被身穿"FFF 团"衣着，不知面貌的 T.R 给抓住了。

"我现在有个犯人要你帮我抓，叫塞里吾斯。根据贺鹰羽兄的秘密情报，目前他在西西里。赏金分你一成，100 万美金。"

"成交。"

现在塞里吾斯被抓了。就只是在一瞬间发生的事情啊……

"逍遥游，真没想到你居然安插间谍……"

"贺鹰羽因为东寂天才决定加入你们的，只是后来决定和好顺带捞东寂天一笔工资。"

"但是你知道的，如果我死了对于整个世界来讲应该也是很大影响吧？"

"那肯定的。然而你以为你死了之后，世界全体'飙车党'控制深海舰娘就能有用么？"

"那群碧池（bitch，意为'婊子'）不都是一群傻瓜么，就和小孩子没什么两样，天真无邪，以为看了一眼别人就妄下定论，以为自己有力量就能……"

"你够了！"

逍遥游将塞里吾斯的喉咙锁住，将他的头撞向墙壁。

"就是因为她们无知我们才要告诉她们真相啊。你是不是觉得把你的真实身份公之于世，让你丢尽颜面你才爽啊？！你再这样下去我就算曾经是你同学我也不会留下情面。"

"逍遥游啊，你可以把我弄死，但是我在心脏里头装了炸弹，除非咱俩同归于尽。"

"……舰娘不是你说得那样幼稚。她们只是需要我们的引导，认识这个世界，守护这个世界。她们绝对不是傻瓜，更不是你们这些人的碧池！如果只有死亡能证明我对舰娘的爱，我对自己的心血作品——大风的爱，我愿意和你同归于尽。"

"说得好像我们'飙车党'做错了一般，但是我说的是实话，因为这就是人性的黑暗面。我们是生活在你们这些人阴影底下的人。就特么被你们这些人瞧不起，被你们赶尽杀绝……"

"我只是秉公行事。"

"秉公行事？以为自己秉公行事就很厉害了是吗？以为你们那些总督府的垃圾臭虫给你们好饭吃，给你们根本什么用都没有的头衔就很厉害，来欺负我们这帮当初被你们唾弃的人了是吗？"

"宋海强，我真是看错你了！"

逍遥游一拳对着塞里吾斯的脸就过去了——

"难道这些年你就只会自暴自弃了吗？！难道就因为上天的安排你就要来和我说这些丧气话吗？！难道为了一时快感你就要强奸你的亲妹妹，奸淫舰娘，疯狂飙车不顾后果吗？！你是被那帮所谓的兄弟洗脑了吗？！宋海强，你已经犯下不可饶恕之罪，我就算是你9年同学也不可能会放过你！辱骂这些本该无罪的舰娘，到处惹是生非，你为什么会变成这个样子？！"

"人性的堕落啊。"

T.R 终于开口说话了。

"他是被所谓的上帝唾弃的可怜虫。所以他厌恶你带给他的灼伤之炎。为了防止爆炸，看来我只能对他进行急速制裁了。大青花鱼，动手吧。"

"等一下。"逍遥游阻止了准备上前的大青花鱼。

"宋海强，你真的堕落了。想当初你是多么阳光，结果多年未见，你却堕落了……现在我已经救不了你了。果然这就是人性么……"

"算是吧。但是我曾经也潇洒过，虽然还想继续但是可能还是要认命啊……逍遥游，转告东寂天，我们那帮人已经恨死了东寂天，无论是智慧还是运气，我们都憎恨他！"

"那你的意思也是憎恨我了？"逍遥游质问道。

宋海强毕竟只是想要针对东寂天，他对逍遥游的友情还是有一点保留的，"那倒不，是因为这中二病装逼。那年他装逼的时候，我们已经开始憎恶他的一切了。"

"这么多年还没释怀么？"逍遥游冷漠，看着宋海强。

"因为他比你还要让我们憎恨。为什么上天偏偏会宠爱这种'活在自己的快乐里'的中二病……为什么？"

"因为你们无形之中一直在伤害他，已经致使他现在拥有了更强的能力。"

宋海强听到这里，便惨笑道："真是不明白你为什么要一直挺他从而诋毁我们……就因为他强我们弱么？"

"不，要说能力许多人在他之上，只是因为他身上有我想要的东西，平和的正义。他早已褪去了当年的热血，因为他现在已经成为了冷酷的正义。

他只想与世无争，守护属于自己的正义，自己的梦想……"

"什么狗屁正义梦想都去死吧！一个傻子说的话你也信？"

"因为你从来都不知道东寂天这么做的目的是什么。所以我可以很合时机地告诉你，别以为自己是'飙车党'的领头就可以在这里叫嚣装逼，东寂天获得上将头衔以后他还是没装逼。自己先看清楚局势再说吧。你已经大势已去，接下来'飙车党'覆灭，或者说'飙车党'与舰娘脱离关系的那一刻，应当不远了。永别了，宋海强，我的朋友，不，我的 Rival。"

说罢，逍遥游从口袋中拿出一支警枪。眼神愤怒，却又好像失去什么似的，显得失落。

"嘭！"

只见这栋楼顷刻间崩塌……

2015 年 8 月 14 日 18:13:20（巴黎时间），直布罗陀海峡以东 100km 处。

"报告提督，雷达侦测到深海战舰，数量众多，其中 1 个航战，4 个战列，6 个航母，8 个战巡，12 个重巡，16 个轻巡，32 个驱逐，外加 4 个潜艇。总共是 83 个敌方单位，但是无一例外是虚假舰。"

"看来，虽然全是虚假舰，但又会是一次恶战了啊……"

但是东寂天依旧保持淡定，聆听欧根的信息反馈。

"三方压制吧。首先我们先来。呐，欧根，你主要掩护我方的俾斯麦级两艘战列舰；宁海、平海、逸仙、重庆，你们作为轻巡舰队掩护我方的列克星敦级，赤城加贺，翔鹤级共六艘航母；奥班农、晓、响、雷、电你们负责对潜。"

"明白提督！"

"去吧，好好干，别让我用深海之星就行。"

"马上就去！"

然而，说这话的这人，其实并没有带深海之星。

六艘航母放出了 70% 左右的舰载机，因为深海比较容易击沉，一口气就将对方的 4 个重巡，13 个轻巡，28 个驱逐击沉。总共清除 45 个敌方单位，目前剩下 38 个。

而航空战过去，六艘航母分别有不同程度的中破，损耗耐久度大约 60%。果然深海的力量也是很强的。而轻巡编队却因为掩护原因各自陷入大破。

不过对方的情况也不容乐观，2 个重巡中破，1 个重巡大破，对方全体轻巡大破，3 个驱逐中破，1 个驱逐大破。

开幕对潜效果不错，在 5 驱逐的对潜过程中，2 个击沉，1 个大破，1 个中破。但是十分不凑巧，翔鹤被那个中破的潜艇的鱼雷击中，目前已经进入大破状态，夜小淇正在欧根上运用深海能量偷偷借海水给翔鹤等大破舰娘进行缓慢耐久度恢复。

"姐姐，没事吧？"

"我没事，瑞鹤，还能撑住……"

面对短黑发的妹妹向自己大声地喊叫，长黑发的姐姐欲要继续坚持着自己显得疲惫的战斗姿态，虽然大破真的很痛啊……

"对潜编队临时转为驱逐舰队，掩护我方航母。"

东寂天依旧保持淡定，好似胸有成竹。

毕竟战舰受伤对于他来说已经是家常便饭，只是他很不舍得姑娘们受伤罢了。

"转为驱逐舰队以后，反潜交给博格和追赶者。"

10 分钟以后，在六航母的高索敌之下，2 个最后的潜艇被击沉了。

"提督给我的剑鱼可真好用呢……"

"只是一个中破一个大破的潜艇，对我们来说也算简单了。但也要好好感谢奥班农和六驱她们几个呢，你说是吧追赶者。"

"嘛，虽然我也有功劳啦……"

深海旗舰航战 N 级 666 号舰这边。

"为什么对方要攻打我们的驱逐和轻巡？难道是有潜艇吗？"

战巡 K 级 693 号舰开始思考，为什么自己和许多战列航母都几乎无伤，可是驱逐、轻巡、重巡还有潜艇这些吨位小的战舰会濒临全灭。

"要不然为什么要冒着被精密安排的防空机炮炮轰的危险硬要在这最后的白天攻击呢……我们的鱼雷编队现在已经接近丧失战斗力，我们这次也是吃了一个大亏，虽然在潜艇的帮助下成功重创对方航母编队，轰炸机也成功使对方的航母护卫轻巡舰队损伤，但是马上接近夜战了，现在潜艇全部阵亡，我们几乎没有鱼雷可以重创对方了……"N级666号舰如是说。

"不好了，欧根亲王掩护俾斯麦和提尔比茨已经向我方前来，请求支援！"

重巡I级612号舰发现了正在以30节航速极速前进的3个德国舰娘。

然而说时迟那时快，欧根已经将大破的重巡I级612号舰击沉，而其他2个还处于中破有余的深海重巡此时也被俾斯麦级的2个少女击沉。

炮击战结束之后，欧根因为抵挡大部分伤害而进入大破，俾斯麦和提尔比茨中破，五个驱逐舰队的少女们和两个对潜的轻母也全体大破。

为什么东寂天硬要把自己的大部分力量用来消除这些不是战斗核心的战舰？

为什么东寂天要舍本逐末？

为什么——

"不好了，我们被两头夹击了！"

战巡K级693号舰发现了来自大西洋的舰队！

即将落日的西方，H39和齐柏林披着落日的光芒，驶着两个大战舰将深海的后路切断。

"齐柏林，看来不得不把你送给东寂天了。"

"不要担心啦提督，"齐柏林站在以自己名字命名的航母上，白衣黑领带黑裙黑丝，戴着黑得油亮的军帽，身穿没有系上纽扣的黑色外套，有着经典德式红袖章的她，手执一根指挥棒，"我想啊，这个和您都是同一国家的，被称为'阿瑞斯（Ares）战神'的他，或许能让我眼前一亮呢。而且我想救赎，因为我作为当初元首控制的德国魔下而诞生的战舰，十分对不起世界上的姐妹。我想借这个叫东寂天的所谓'全球自由圣地'的港口的机会救赎我自己。"

"也罢，毕竟按照图纸来也不缺你这个航母。干脆就来一次大放血给'幸运 S'的他吧。"

贺鹰羽此时在 H39 的甲板上，示意旁边，齐柏林号航母上的齐柏林。

开始闭幕航空战。

齐柏林会意，点点头，便让威龙和猛禽开始了东寂天的计划。

"啊哈，小珑，是时候教对面深海什么叫厉害了！"

"小琴低调点嘛……不过是时候了！"

在这两个少女的遥控下，J20 和 F22 的量产型在战斗机编队里成功隐藏，没有被对方索敌认出。接着这两架特型战斗机和其他舰载战斗机一口气将对方的航母编队和航战的所有舰载机消灭，甚至将几个残余的驱逐和轻巡给歼灭了。

"制空权是我们的了！"

"只是提督为何把我们安插在这个时候呢？"

威龙不顾猛禽的兴奋，开始思考。

"提督居然对真相连说都不说，好像有什么故意隐瞒，难道——"

利用夜间的优势，对深海进行偷袭！

"我明白了，提督这么做是为了让深海分心，由此来达到一口气打败对手的目的！"

此时，H39 已经开始按照指令，炮击航战了。

原本想利用自身体力优势进行反击的航战，突然发现自己被鱼雷命中了。

"嘿嘿，来追我呀！"

是法国的最高速驱逐舰，空想。

不，是经过改造之后依旧快如闪电的……"空想·改一"。

这种最快的速度，真的就是凭空的想象，但真的实现了——45.0 节超高航速！

她一脸调皮，躲过深海的多次集火。

没错，我的目的就达到了……只要有空想掩护 H39，另一端就 Perfect 了！

东寂天露出一点邪魅的微笑。

2个战列，6个战巡，全体航母，全部在两端的集火之下沉没于沧洋大海。

"好了，苍蓝，叫帕琪娜把航战一炮做掉之后就把所有深海的一个个击沉就是了。只要击沉她们我们便能让深海的洗脑状态强制消失，变回被洗脑前的状态；因为沉没需要一定时间恢复，所以趁着深海的其他势力过来这里的时候我们和她们说清情况就是。帕琪娜身为目前出现的三个院长之一，她更具有说服力。然后这摊事情就结束了。"

苍蓝听到这里，莞尔一笑。

不愧是"战神"东寂天。

"帕琪娜，可以开始了。这场战斗之后我们就继续回去星海港吃烤鱼吧，你最喜欢吃了。"

"喵！"帕琪娜似乎对烤鱼有着特别的爱，看她乖巧地依偎在苍蓝的怀里便知道了。

不言之间，深海的悲鸣曲的最后一个音符，响彻在众人耳畔。

此时的残月比一张纸还要细。

第八章　暴动之后

2015 年 8 月 14 日 20:15:23（巴黎时间），直布罗陀海峡。

此时的残月比一张纸还要细。

不言之间，深海的悲鸣曲的最后一个音符，响彻在众人耳畔。

"雪风救上来了吗？"

"报告提督，雪风在假装爆炸以后已经成功被小珑带入战斗机舱内，为了演得更加逼真现在已经进入大破状态。"

"提督，我还好……恭贺提督歼灭直布罗陀海峡的深海舰队……"

"做得很好，雪风。有你坑对手，胜利就必定是我们的了。现在已经可以凯旋，回德国基地吧，诸位舰娘。"

原来，东寂天为何这样自信，是因为——

"祥瑞御免，家宅平安"的阳炎级驱逐舰 8 号舰——雪风。

东寂天利用了雪风专门吸友军舰幸运的诡异特性。这个特性可是把曾经二战时期，日本最强战列舰大和坑得不要不要的。

就这样，众人带着胜利返回了德国基地。

2015 年 8 月 16 日 12:00:46（巴黎时间），法国·洛里昂附近海域。

"逍遥游，这次你算是立了一场大功了。"

"幸好我留有一手，带着你给我的深海之星，要不然就被塞里吾斯的心脏炸弹炸死了啊。不过因此没法使用深海圣光斩的你也不错，利用天时地利人和三方面碾压对手，果然超出所有人的预料。"

"大凤可是担心死你了，所以前天晚上我没让她出战。将焦虑的情绪拿到战场上是不可行的。"

"塞里吾斯就是宋海强的消息你也应该知道了吧？"

"我知道的，也知道他们为何憎恨我。因为我当初可是大闹八班的主要元凶啊。但现在我已经不想再来玩这种把戏了。所以我和中国军队那边的人说好了，只要给我足够的钱，给我舰娘舰队管理权，给我一个连接新加坡电力和光缆的海岛，我就不和他们争夺……而且还有 UN 总督府挺我，我也就不需要中国那些利欲熏心者的帮助了。"

"另外，这是 T.R 少将，总督府派在西西里的一个类似于哨兵的角色。因为感染深海症而拥有让智慧生命产生'惧'的能量。"

"果不其然，感觉就像恶魔。但是意外地是个善良的魔人。"

"还可以吧，东寂天少将？"

"目前大青花鱼和他正在西西里隐居，若地中海有异常变动他也能通过大青花鱼侦测得到，这次的深海舰娘占据直布罗陀的消息就是他第一个发布的。"

"原来如此，万分感谢！"

"为总督府做贡献，应当的。"

"广播提醒——请诸位 UN 总督府成员——前往黎塞留会议厅——"

听到这里，T.R、逍遥游、东寂天等诸位有着不同军衔、不同身份的人，动身前往。

2015 年 8 月 17 日 18:24:46（柏林时间），德国。

"您好，东寂天少将先生，我是来自德国的航空母舰，齐柏林号。"

"看来贺鹰羽也是蛮守信的。没错，我便是来自星海港联合舰队的提督，东寂天。"

"东寂天先生好像很喜欢这里啊，打算何时带我们回去呢？"

"飞机已经订好，18 日 22 点的，预计 19 日 17 点到达星空军用机场。"

"这样么……果然如贺鹰羽少将先生所说，东寂天先生是一个有着深谋远虑的人呢。"

"叫我东寂天先生也怪麻烦的，以后叫我提督便是，或者叫 Z 将军也可以。"

"那提督，要来点德式烤肠么？"

"顺带来点德国黑啤，谢谢。"

齐柏林离开了东寂天的视野。

2015 年 8 月 18 日 23:08:34，飞机上。

大凤感到十分困。

虽然她并不是战场上的主要战力，但是她幕后跟随逍遥游，为他处理诸多公务。

如果没有大凤，或许在和各国的外交方面上逍遥游就不能处理得那么完美了。

女孩子是细节的强者。

尤其是和西班牙租借战斗区域供帕琪娜攻击深海战舰这一问题上，因为东寂天的欧根当初战斗之后陷入大破，无法再在外交方面上协助东寂天。

如果欧根她们是战场上的主要战力，那么大凤就是国际协调的主要战力。

所以，她也经历了一场不小的"战斗"。毕竟面对多国政客和军官，她也会疲惫。

"睡吧，大凤。"

逍遥游轻轻抚摸大凤的双马尾，为她将椅子摆成床的样子，并且给她盖上一层比较薄的被子。

就这样，大凤在并不宁静的飞机上进入了梦乡了。

直到 19 日早上。

但又或许是失眠罢，飞了十多个小时，下了飞机以后，大概 19 点的样子，她又一次沉沉睡去。安静祥和，估计是在做什么美梦吧？

"大凤最近确实累得不行，逍遥你要好好让她休息一次。毕竟飞机上不太好睡。"

"知道了，感谢提醒。"

就这样，大家在战斗归来以后，第一次回到家睡上了美好的一觉。

2015 年 9 月 1 日 17:24:34，星海港·天蓝海岸餐厅。

"新款大凤布丁特卖！"

什，什么鬼？！

大凤没有想到，眼前餐厅里自备的港式甜品的广告海报上，打着这样的广告词。

和，和我有什么关系啦，真，真是讨厌了啦……

大凤的脸上飞过一抹红晕。

"东寂天少将吃了都说好！"

只见海报上的东寂天一脸耍帅的样子，身着提督制服，躺在沙滩椅上，左手端着一份草莓布丁，右手放在额头之后，戴着墨镜，跷着二郎腿。而上半身被太阳伞的阴影遮住。

"一次性购买 10 份可以获得新舰队偶像'五河大凤'的沙滩写真集哦！"

这，这……难道又是逍遥提督……嘛，这，这个……

大凤几乎是发烫了。

回来以后的休假时期，逍遥游给自己拍了一系列在星海港海岸线和星空岛的照片，结果没想到逍遥游居然瞒着自己做写真集了。

但是，大凤深爱着逍遥游，所以她决定包容逍遥游的捣蛋行为。

舰娘心中的"光"啊，真是如此温暖。

"诶！那不是五河大凤吗！"

"啊……诶？"

一回头，发现了一群新闻媒体的记者。

因为大凤原本来自日本，所以经过 UN 总督府在日本的舰娘造船厂生产以后，逍遥游给大凤也搞了一个身份证，姓五河名大凤，方便她能够在世界各地自由执行任务。

"五河大凤小姐您好！请问您和逍遥游提督真的是夫妻关系吗？"

"五河大凤小姐，请问您喜欢吃草莓吗？"

"五河大凤小姐，请问……"

霎时间，在餐厅里聚集了一群来自世界各地的记者。

因为大凤之前陪逍遥游处理公务，世界各国媒体都已经听说了逍遥游和大凤的事情。

而就在那之后，大凤被逍遥游各种安利，最后成为新舰队偶像。

曾经是国际上的哪个家伙说，只有重巡才能成为偶像的？航母也可以啊。

结果没想到，仅仅一周过去，自己已然成为偶像。

大凤惊呆了，战战兢兢的样子，感到有点害怕。

在自己面对众多媒体，快要被吓到昏厥的时候，那个人及时出现了。

"你们好，我是五河大凤的提督，来自中国的逍遥游。现在大凤可能情绪比较激动，而且这里太过拥挤，为了不影响餐厅其他人用餐，请各位记者跟我来。"

在逍遥游的话语之中，大凤终于变得不再紧张。

5分钟后，星海港将军府·接待会议厅。

"大凤小姐，很抱歉，没来得及跟你提醒。是我的过错，请原谅。"

云圣贤身着白色燕尾礼服，鞠了个六十度的躬以表歉意。

"啊，没事啦，反正成为偶像之后都这样啦……"

"那我就先退下了，逍遥游会在你身边的，请大凤小姐无须慌张。"

绅士男子离开了大厅的前台。

"请各位有秩序地询问大凤小姐。"

临走之前，云圣贤不忘记提醒台下几十位记者。

接待会开始了。

"后天就是世界反法西斯战争胜利70周年的纪念日了，请问五河大凤小姐曾经在二战中作为战败国的日本麾下的战舰，对于这件事有什么看法？"

"……这个嘛，其实我们是无辜的吧……那个时候我感觉我好像被不由自主地控制，就像奴隶一样不得不去做让自己讨厌的事情……说实话，我不太喜欢战争啦……"

"五河大凤小姐是日本籍，而经过 UN 总督府同意之后，主持建造您的是中国籍的逍遥游先生，那么您认为中国与日本能否和好如初？"

"嘛，如果能友好相处是最好啦……毕竟我真的很讨厌战争，那种生不如死的感觉很痛苦……我不想再这样下去了……虽然最近中日两国关系不太好，但我希望最终能和平共处吧……如果给出一条意见，我认为可以呢。"

"五河大凤小姐，请问您最近是否要出一部叫做《凤凰花开》的微电影？"

"啊，是的……和我的提督逍遥游。为了纪念《战舰少女 R》游戏公测，星海港传媒那边叫我和逍遥游提督他们出演的。"

"主要剧情是什么能够透露么？"

"大概就是……跟校园有关系吧。能说的大概就这么多呢。"

"还有具体细节吗？"

"呃，我和逍遥游提督的接吻戏吧……"

"哦哦哦哦哦？！"

在座的记者哗然。

"我最多就能告诉大家我扮演的角色跟凤凰花有关的说。而且我的名字'大凤'和这朵红色的花很有关系呢……据说提督在制造我的时候胸前就别着一朵凤凰花，每天都会换一朵新的，然后就望着制造我的建造船坞发呆得出神的说……"

"噫，大凤你为何要说出我的黑历史……究竟谁告诉你的……肯定又是 Z 吧……"

"是啊，就是 Z 桑呢！"

"真是浪漫呢。祝愿两位爱情能天长地久！"

"谢谢！"

大凤和身后的逍遥游同时鞠躬三十度。

"听说本片的灵感来源是主题曲是世界闻名的中国 A 市一中的校歌《凤凰花开》，那么是否会将这首歌作为本片主题曲？"

确实，要说全国有名，世界闻名的高校，一中是真心不能缺少。因为一切头衔和荣誉都摆在眼前，不会假。

"是的，而且……"一个响亮的声音从众记者身后传出。

众记者回头，不忘记把摄像头跟着自己的头往后拍摄。

"那是我校歌，我是《凤凰花开》的微电影制片总监，星海港联合舰队提督东寂天少将。"

黑发蓝瞳的他，笑，并且露出洁白的牙齿，酷似一位自信满满的少年。

"顺带，本片主题曲《凤凰花开》将由我翻唱，毕竟我曾经是'一中人'，不会唱就太可惜了。而且我本身就和这首歌原唱的声线像得不得了，我爸说的。"

东寂天耸肩，但依旧面对镜头微笑。

他此时穿着红色格子衬衣，里面是一件黑色背心，并且穿着黄星蓝底沙滩裤和前红后黄的气垫鞋，双手伸回裤袋。

"虽然我一直在偷听，然而不小心打扰了原来是我老朋友逍遥游和他秘书舰大凤的接待会，我还有事，先走啦，嘿嘿！"

似乎邪笑，东寂天以最快速度离开了接待会议厅。

"劲爆新闻！星海港联合舰队提督东寂天先生原来是《凤凰花开》微电影主题曲的翻唱！"

"天啦噜！史上最年轻少将居然要唱歌了！"

"没想到夜月天淇的哥哥居然要唱歌了！吃惊！"

然后记者都跑出去了，就剩下逍遥游和大凤。

Z 唱个歌就这样了么……噫。

逍遥游心中感叹。

不知不觉回到私人别墅。

"提督，其实小淇教给我一首歌，我想在我未来的世界巡回演唱会上唱给你听。日文歌哦。"

"什么歌？"

"比较老，叫《不输给任何人的爱（负けない爱がきっとある）》，仲间由纪惠小姐在 1997 年 8 月时候出的专辑中的老歌了……如果有机会一定要唱给提督呢。"

"为何？"

"因为我对提督的爱，不输给任何人呢。不输给苍蓝和帕琪娜的爱哦。"

两人互相拥抱。

借着这个势头，逍遥游用公主抱将大凤抱起来，半跪在地上，让大凤的头倚靠在自己的左腿上，缓缓将大凤的身子放下，但是双腿依旧被右手支撑，左手支撑大凤的后背。

"既然如此，便让我们的爱情绽放在这下弦月下吧……"

激吻，不会停止。

第九章　大和之殇

2015 年 9 月 18 日 17:28:14，未知海域。

妄想舰队。

那是一支被深海创造的舰队，浑身散发着纯紫色光芒的大和（Yamato）正在和面前的装甲空母对决。

不愧是装甲空母，她仅凭一人之力居然击沉了大和身边的护卫驱逐舰队和近身战列编队。

只剩下大和。

"真没想到你被人类重造以后竟是如此强大……想当初，你的舰载机量没这么多呢，现在……啧啧，舰载机量达到原先的 3 倍不止。是魔改么？"

"大和，放弃吧。在提督给我进行魔改的情况下你们能撑到现在已经实属不易了啊。"

"哈哈，站在远处直接击沉我方这么多战舰，厉害。但是……你对我的伤害也不过 20% 的耐久度损耗啊。只要我还在，那么这些被击沉的姐妹们都会恢复的。你也快达到体力极限了吧，我可爱的妹妹，大凤啊……"

"流星，去吧。"

双马尾的少女右手中出现了一只小型飞机，像飞出纸飞机一样往前一投——

青绿色的机身，红色的烈阳，那是鱼雷机流星。

对于大和这种战列舰来讲，鱼雷机往往都能造成致命的护甲损害。

"彗星！"

说时迟那时快，大凤左手又甩出一只同样是青绿色的飞机——轰炸机彗星。

在流星给大和造成护甲被击穿的情况下，彗星成功对大和造成了致命伤。

但是大和……

"大凤，很厉害嘛……但是也没有多少用处呢。"

大凤看了一眼在 iPad 上的索敌数据板，发现大和依旧剩余 60% 的耐久度。

可是自己却已经进入了濒临中破的境地，原本 67% 耐久的她现在是 34% 耐久。

再差 1 耐久单位自己就要中破了。

"那么……"

"嘭！"

炮击。

在那一瞬间，大凤进入了更加严重的大破。耐久度已经下降至 3 单位。

然而这并不是结束。

只见又一艘驱逐舰因为深海能量的恢复作用而投入到了战斗，向着大凤发射了鱼雷。

耐久度，只剩 1 单位。

大凤意识到了什么——自己身上没有装备损害管制小组！

要，要快点逃走！

双马尾的少女开始为自己的"幸运 E"身份悲伤。

就算是有了戒指也还是不能拯救自己的幸运么？

她竭尽全力地以 33 节航速跑离。

在火爆声的混乱里头，大凤终究是逃离了这地狱。

燃油却……

"唔……好累，不行了……"

由于 GPS 定位系统被大和破坏，从 15 点出征，直到被破坏的那一瞬间之前，才有大凤的清晰活动记录。之后的都无法同步。

偏偏遇上了逍遥游去美国纽约 UN 总督府办公，东寂天等人从中国会议结束返回的时候。

她只是想为港口寻得一片安宁。

起因是直布罗陀海峡事件，深海与人类再一次和平解决。

但是深海方，对人类持有怀疑态度的大和，却不再彻底信任人类，反倒开始厌恶人类。

大和想要弑掉人类。

不过，东寂天等人开始了反击计划，预计将在 18 日夜晚返回，对大和进行毁灭性的打击。

然而，大凤为了能让众人更加顺利地击败大和，自己做出了牺牲式的举措。

她的燃油即将耗尽，不能再直接返回星海港了。

燃油库彻底失去最后一滴可以供发动机使船前进的宝贵燃料时——

"舰装解除！"

2015 年 9 月 18 日 18:08:12，星海港・舰队实时指挥中心。

"什么？！"

东寂天得知大凤独自面对大和战斗，现在失踪的消息，异常愤怒。

如果逍遥游回来，他必死无疑。

"用尽港口全力，给我找到大凤。"

"但是，提督……"

"没有但是！大凤不见了你知道后果么欧根？"

"……"

"反正先给我找到再说！"

"……是。"

在欧根接受命令之后，她离开了指挥中心。

而东寂天则一直在大屏幕前的控制台前，双手撑头，懊恼不已。

"老哥……"

蓝紫色马尾的她，望着大屏幕前的东寂天，咬了咬小嘴，神情严肃。

几秒之后，她偷偷离开了指挥中心。

在指挥中心外的广场，再径直走去，到了人工铸成的海岸面前。

"深洋·万舰追踪！"

夜小淇全身化为史莱姆少女，但是意外地衣服还在身上。她的左右手开始出现深蓝色的水流，然后向着顺时针方向开始划起漩涡。

最后，形成不断在流动的漩涡图像，上面指示了所有人类战舰和深海战舰的具体方位。

深海的女王特有的感知能力。

"搜索战舰，舰种为装甲航空母舰，代号 Tail Red（红马尾），名字是 Itsuka Taiho（五河大凤）。"

最后，在星海港的边缘找到了大凤。

"收！"

望着夕阳西下，她，深海的女王夜小淇的眼神愈发坚定。

大凤酱，绝对不会让你有事的，绝对！

夜小淇轻轻点头，一跃跃向大海。

"海潮月·音速快艇——"

只见夜小淇身下出现了由海水组成的快艇形状的东西。

而后，她踩上快艇，红色的靴子陷入海水一样的艇身以后又浮起来。

快艇开始以最快的亚音速前进。

2015 年 9 月 19 日 05:55:37，星海港。

大凤醒来了，发现夜小淇正在自己面前。

只见眼前的夜小淇正在以公主，或者说是女王的样子，坐在由自己身体组成的有些黏稠的王座上，而史莱姆黏液的延伸则还在玩弄大凤的身躯。

就好像深海的女王的裙摆之下都是由她所创造的世界一样。

"果然，被人家弄了一次之后果然变强了呢……而且只是半个小时就已经完全恢复，原来人家还真是拥有即时恢复舰娘的能力呀，嘿嘿。"

顽皮捣蛋，就像是小孩子。但是身体却不再是，因为那是一个少女之身。

Slime Girl。Sea Goddess。深海的女王。

"既然已经恢复了，那么人家也不玩你啦，大凤酱。恢复舰装吧。"

令人诧异，大凤的衣服，舰装全部恢复成原来那种崭新的样子。

甚至，在她的身边出现了少许金色菱形晶片。

"诶，这是……"

大凤点了一下晶片。

只见晶片开始围绕自己旋转，化作了金色的比自己身体要小一些菱形护盾。

护盾上，是浴火重生的绯红凤凰（Phoenix）冲向金色太阳的图案。

"嘛，如果被人家这样玩的话估计大凤应该就能将自己身体里潜在的能力激活吧……就像现在这样？"

夜小淇也不知究竟是怎么回事，自己只是和大凤互相愉悦了一次而已啊——夜小淇在大凤处于梦境的时候用大凤的身体自我沉醉了一番。

"舰装启动！"

光芒过去，大凤号航空母舰再次浮于大海之上，被初露曙光的太阳照映着。

只见战舰舰身上好像出现了相同大小和样子的盾牌，成群结队地环绕着舰身，一个往左一个往右，这样子一个个横排列队似的做着环周运动。

"大凤酱是装甲空母吧？所以……"

"所以我能够召唤这样的保护罩么？"

"嘛，应该啦。反正人家只和大凤酱做，所以大凤酱能有这种老哥所说的'歼星舰'的能力也应该是正常的啦……"

"小淇酱……"

解除手上的盾牌的一瞬间，大凤号航空母舰的万盾保护罩也消失了。

大凤拥抱住夜小淇，以示感激之情。

"谢谢你呐……"

"嗯，都是姐妹，不用谢哦，嘻嘻。"

夜小淇也拥抱大凤来回应。

"看，她们在这里！"

因为大凤召唤舰装，同时雷达系统恢复的关系，东寂天组织的临时搜查队找到了她们。

"噫……大凤你真是吓死我了……要不是小淇找到你之后及时发短信，逍遥游回来之后肯定要骂死我……"

"短信？"

"是啊，人家有带手机哦！"

夜小淇从上衣口袋中拿出 iPhone 6，自信地瞑目微笑。

"刚才那幕我看见了，大凤你开盾牌的样子。让我想起了欧根领悟战线防御的时候。"

微微一笑，东寂天戴上了提督帽。

"详细的我们回去再说，走吧各位。"

2015 年 9 月 24 日 21:52:40，妄想舰队所在海域——日本东京附近海域。

"你为什么要对我们产生质疑？"

"呵，你们人类啊……一次又一次地想侵占我们，还好意思说保证和我们友好相处？"

"但是……这就是人类的本性啊！"

东寂天不能忍受大和这么冥顽不灵了。

为什么人类这种通病不能被原谅？

这就是人之常情。

"那很抱歉，我还是要对人类出手，既然你代表人类，请原谅我要杀掉你，然后杀掉所有人类。"

"这会导致整个地球进入无序状态的，你有没有想过人类灭绝，深海称霸的后果啊？"

"哦？那倒没想过呢……因为……"

大和此时坐在舰身前的那片空间，望着遥远的彼方，站在乔治五世级 2

号舰威尔士亲王·改一的舰桥上的东寂天，从容不迫，却还带着笑声地说道：

"比起地球的未来，你们这些充满着隐藏邪恶的败类的人类……更应该先毁灭掉啊。"

"……呵呵，哈哈……"

东寂天压低了帽檐，仰头大笑。

然后，在众人不知道的情况下，东寂天的左眼流下一道泪痕，然后右眼也是如此。

"人类……深海……为什么要这样呢，哈哈……"

"姓东的，你这是什么意思？"

"先不告诉你那些不该说的了……既然你想要杀死我们，先过了我，东极战神这一关。"

东寂天抹去眼泪。

如果我们正面看着东寂天的眼睛，会发现……

那是杀戮者才有的，深蓝色的眸子。

"哈哈……"

东寂天口中喘息着狂傲的喧嚣，眼神充满战争狂人才有的恐怖。

"姓，姓东的？"

大和不知道怎么回事，感觉全身颤抖了一下。

"轰炸机，鱼雷机编队听令……全员轰炸！"

全，全员？！

这是要牺牲一切都要击沉大和的节奏吗？夜战放舰载机？

"大哥，为了守护这个世界，你愿意和我一起战斗吗？"

"自然是愿意的，提督。就交给我来处理这只摇摇欲坠的小船吧。"

东寂天面前的，是金发，左眼被带着花纹的眼罩覆盖，代表着隐忍的杜鹃。

"我发现，你们有些姐妹被我们击沉之后，我们可以获得一些核心，供以战舰的改造。因此就有了改造船。但是……在利用了你们姐妹体内特有的深海能所灌注的核心之后，反而更加强大了……这就是经过深海化改造的大哥，你可以叫她'威尔士亲王·改一'。"

"可恶……"

没错，深海能，就是至今为止深海舰队依旧能活动的最主要因素。

来自深海，转化了来自深海深处的地热能的新型能源，逍遥游最先发现，命名之为深海能。

而深海能可以即刻转化为电能，而且转化效率高达100%，如果吸收了深海战舰内部的深海能，那么就跟变相采集了地热能是一个道理。

既然这么想要战争……就别怪我榨取你们的能源供人类使用了。

所以，东寂天无论选择哪条路走，他永远都是胜利者。

因为这是一个战术师的睿智。

"留个残血，包围大和，我要上她的舰。"

虽然一提到上敌方的船，东寂天总是变得很猥琐。

但这次……他却露出了严肃的神情，看来接下来要发生的事情并不简单啊。

短短10分钟内，所有虚假舰都被击沉了，而那些真实舰也同样陷入了被众多战舰围攻的窘态。

即使大和不情愿也没办法，一个是炮塔全毁，二个是被控制，所以只能进入被动状态。

看到眼前的青年，以狰狞的面孔看着自己，大和畏惧地跑进了船舱。

而在不为人知的船舱内部，东寂天和他的秘书舰，欧根亲王·改一都已经让大和无法再反击了。

只见东寂天他带着疯狂的狰狞，拿着一个球——上下都是圆盖，中间的部分，就像地球的经线一样，整个球就像一个牢房。

而这个黑色的，由电磁铁材质构成的牢笼似的的球，在"经线"中间是由钢化玻璃组成的。

"我想让炎仔，炎炽云，我们那里的人工智能专家，研究一下你的思维记忆组成。"

"不，不可……"

"以"字还没有说完，球的两个"极圈"就开始产生了紫色的电流，开始刺激大和的脑部。

"啊啊啊——"

欧根虽然有点为现在的大和担心，但毕竟是敌人。

"是时候了！"

东寂天将球按到大和胸口上，突然光芒乍现。

光芒之后，大和昏了过去，脸上写满了痛苦。

"啊哈，大和的核心能量……多么强大而美丽的存在呢。不仅承载了记忆，还有大量的深海能……这回我可是——"

回首，东寂天看着欧根，狰狞的面孔就这样被欧根看到，东寂天有点惊讶，但还是那副疯狂的样子。

"提督！你为什么要做这么卑鄙的事情？！"

欧根不能再忍下去了。

核心代表着什么？

是任何势力的舰娘的精神与灵魂所在，蕴含着极大的能量。

虽然平时不表现在这个世界，但是被强行取出之后就会显现了。

然而，强行取出，就代表这个舰娘会丧失庞大的能量。虽然记忆在深海还有存档，但是被劫去以后就会让人类知道深海那边的情况了！

这对于一个人类来说，确实没啥感觉，但是对于任何一个舰娘来讲，这是禁忌。

虽然是敌人，但是舰娘思想简单，而指挥官们都为了胜利，并没有探求深海相对于人类来讲的"惊天秘密"，所以一直处于互相斗争的平衡状态中。

但，东寂天，是个疯狂的科学家和战术师。

这样剥夺核心，是违反了伦理的。

就跟虐待了她们一样，如果她们是人类，那么东寂天是要被法律制裁的。

可是她们是深海，东寂天可以逍遥法外。

而没有人知道他这样的目的，究竟是什么。

包括逍遥游。

"为什么？"

东寂天哽咽。

"这种事情，你身为下属无权知晓。"

"……"欧根忿恨地握紧了拳头。

"还有，今天这摊事情要是说出去的话，我就把你分解！"

"提督，你！"

东寂天看着这样的欧根，反而猜疑她会将实际情况说出，让自己又要蒙受灾难，于是心生一计。

"你最好小心点，欧根……为了人类永恒的利益，这是我身为人类对深海的代表应该做的。所以，我命令你保密。"

"……无耻！"

"没错，为了利益，人类……就是这样。为了自己能繁衍下去，这就是社会达尔文主义。"

"你……"

两人跟随众人回到了星海港，但是东寂天好像什么事情都没有发生一样，面色淡定，而欧根则显得十分阴沉。

"击沉大和，返回星海港。"

"好的，提督。"

大和就这样和她身边的真实舰沉没于深夜大洋之上。

除了东寂天和欧根，所有人都不知道刚才发生了什么。

冷酷的海风，就这样拂过众人身边。

第十章　战术家的局

2015 年 9 月 26 日 08:35:56，星海港。

"怎么会……欧根她怎么了？"

"她说对你的行为已经完全丧失了希望……在深海化之后逃离了星海港……"

"果然，是我错了啊。"

东寂天下跪，以表忏悔。

但是，这也是东寂天装的。

昨天晚上，东寂天将前天的事情告诉了逍遥游等同事，但也只是仅此而已。

而且，那个晚上……东寂天，在欧根不知道的情况下，对欧根注射了夜小淇自制的深海化药剂，并且借 UN 总督府的身份下了拆解通知书，以疑似被深海进行了深海化操纵的名义。

这样，自己的目的，就不会被人知晓。

李代桃僵啊……

这样就能逼欧根走了。

为了我的职位，为了我的最终目的，区区秘书舰……哈哈。

东寂天心里是这样的，然而面对众人他只能将这场戏演下去。

"没事，Z。不就是一个舰娘么。"

"……你试下失去你最爱的大凤试试？"

愤怒的东寂天又一次将逍遥游推到了私人别墅的墙壁上。

虽然矮了一点，但是东寂天的恼怒依旧慑人。

"但是，欧根是你亲自制作的么？不是就请给我闭嘴吧。"

"……"

东寂天缄默了。

也只是相处了几个月而已啊……最终还是没有自己的妹妹夜小淇重要。

"成，既然她走了……那么我需要你帮我一把，逍遥。"

"不要跟我说你要拉她回来。"

"不，我要借深海化的欧根的羽翼，向整个深海传送一个消息——我们人类之所以不团结，是因为我们的智慧超过舰娘，独立的思想太过于明显。而她们那种基本团结的乌托邦，必定不会长远。你应该还记得历史必修一所学过的吧？乌托邦……小国寡民的产物，迟早要完。而人类……因为资本主义而衍生出的这种阴暗面才是真正促使人类长久发展的不可或缺的第二元素。"

"除此之外，你应当还有言外之意，继续吧。"

"把'G'定理公布于众。"

"什么？！"逍遥游听到"G"定理瞬间不能忍了。

"没错，就是'G'定……"

"你疯了吗？你为什么要将这个东西说出去？你嫌之前传递消息那个还不够吗？"

"或许我真的是疯了吧……但是现在这个时候我就不得不将'G'定理说出来了。"

"你是想死吗？东寂天你这家伙究竟在干什么？！"

逍遥游反过来将东寂天给推到了墙上。

还好整个别墅里头只剩下这两人，不然给别人知道就彻底完了。

"你知道'G'定理公布于众之后会导致什么的吧？那你为什么还要这样？"

"自从海盗出现之后我明白了……为了能让人类和深海认识他们之间的关系……让他们知道，这种不该有的战争，就是'G'定理所衍生出的'G'的产物。"

"你不只是性意义上的变态，你还是精神意义上的变态……我阻止不了你这疯子了。"

逍遥游叹气，对眼前这个疯子不再恶语相向。

"不过后果自负，我先说了。"

"不不不，完全不需要我们负责。"

东寂天哽咽了一下。

"是全人类和深海负责。我倒是要看见他们知道'G'的真相之后，会是怎样惊恐的情况。"

突然，东寂天开始放声大笑。

"哈哈哈……人类和深海……多么地，'G'啊……哈哈哈……"

东寂天就像疯子那样，坐在地上，立起左腿，横折着右腿，左手放在左膝上，右手撑地，癫痫一样，呵呵呵地发笑。

逍遥游见到东寂天这样，不由得颤栗了。

这家伙，究竟经历了些什么，才变成这样？

但是这一切，都被躲在角落里的苍蓝悉数听见。

"G"定律吗……究竟是什么呢？

不过，一切都如东寂天的期望，发生着。

嘿，不得不感叹自己的演技真是太强了。

东寂天这样想着。

为了明哲保身，就把这个戏一直演下去吧！

他的眼中闪过一丝杀气。

2015 年 9 月 26 日 21:42:18，星海港市区内·中兴大厦·27 楼·星海港附属研究所。

"干……你他妈有种打深海了是吧？！"

"怎么不行，因为上面都在看着呢……"

"咯……"

东寂天愤怒地看着眼前同样是黑发的高冷男子，比自己稍微年轻一些的男子，正在说着日语，但是东寂天意外地能听懂。

"噫！你这么做迟早要后悔的……"逍遥游严肃地说。

然而迎来的回答是——

"为什么？我只是按照上面的命令做事而已。现在上面都在视频看着你们的一切行动啊。"

只见这个男子依旧不屑地说着堂而皇之的话。

"你还真的溜得飞起了？"

"住手！"

欧根以深海化的状态出现了。

战列巡洋舰的新战舰身份。

"欧根？你怎么会——这是陷阱！他们要处决你啊！"

东寂天异常慌张。

"切！早就预料到了，我就砸了这该死的总督府，只要我保证没伤到人……"

突然，欧根右手上出现了长枪。

"欧根你先停一下！听我说啊！"

东寂天嘶吼着。

"……怎么？"欧根握紧了长枪。

"没错，这一切是我的错。如果不是我不小心让你离开我就不会这样。现在他们发现你是深海的身份了，但是你只要按我所说的就行……洗白以后返回星海港——给我收起你的武器吧。现在领导们都看着啊！详细的我们之后再谈，先洗白了好么？"

"呸！"欧根并不在意东寂天的劝说，"不信任自己人还干什么鬼事，始终还是一枚棋子罢了，我不管，我必须要让总督府那群人知道教训，并且下台！"

"好吧，既然你想毁灭这一切不公，那我这个提督不干了。我们就此别过，这个港口由我的新继任者接手。"

"我只是来让这群没用的人类下台的，你觉得我会来冒险保护你的职位？"

"妹妹！"一个粉色长发的少女出现了。

布吕歇尔，希佩尔海军上将级重巡洋舰 2 号舰。

但是全身充满了深海的气息。

"呵，东寂天，你这个亡灵还在这里吗？去死吧！"

"你敢？！"

逍遥游一拳将毫无防备的布吕歇尔击飞到了门外的走廊。

"职位？呵呵，这并不是重要的。重要的是我知道了你的意图。看来深海那边也确实给你了所谓的自由思想。但是很抱歉，这个世界最终会从有序走向无序。"

"东寂天，你这是什么意思？"

"没什么……幼生，关掉直播，不，关掉之前准备好的录像。"

"明白，Z 将军。"

被称为幼生的黑发男子关掉了视频。

"……什么？你在逗我？！"

"没错，为的就是让你对人类死心……然后再告诉你一件让你崩溃的事情，然后滚吧。"

所有人都望向东寂天这边。

"崩溃？我倒是要看看你这个已经让我崩溃到极点的废物能让我崩溃到哪里去。"

"你说的，不要反悔。"

只见东寂天露出一种变态而怪诞的笑容——十五少年般，有点年轻的脸庞，露出不符合他这个年龄的恐怖笑容。

欧根也觉得不对路了。

耳语。

“不，不可能！你在骗我！这不可能啊啊啊！”

黑色的气息散发，欧根开始流泪，哭吼。但是当她与东寂天四目交接的时候，却投以特殊的眼神，并不算憎恨那种，反倒……更像是有什么秘密。

“小淇，”东寂天压紧了帽子，“把她们传输回她们的基地，目标欧根亲王和布吕歇尔。”

“对不起了欧根酱……深海·原初的复位！”

只见那传输型的深海漩涡引起的气流将两个深海战舰少女吸走了。

轻微的风波之后，逍遥游看着欲要说出真相的东寂天，用右手撑住脸，仰头默默哭泣。

“幼生，现在目的达到了。我们走吧。回去我发一个辞职信，装个办事不力的样子。”

“明白了Z将军。”

没错，只要她崩溃了，说什么深海都不会再能直接相信了吧！

而且只要被驱逐出人类势力，那么她就只会被复仇的业火而控制。

当年的，德意志之第三的帝国，的复仇啊……

这样，她就只会为大和复仇，然后激化战争。

然而，没有任何人想到，这是东寂天借刀杀人的技巧！

因为，只要让欧根传达出“G”定律，整个深海将会进入混乱，会为自己的身世而精神崩溃。

“G”定律，真是一条恐怖的定律。但它的背后，究竟诉说着什么呢？

不过，似乎没有人注意到，他与欧根四目交接之时的眼神变化……

2015年9月27日 10:52:37，星海港。

东寂天收到一封信，拆开来看。

星海港联合舰队提督东寂天上将：

    由于昨天晚上发生的事情纯属造假，而且你当场提出辞职不干，我们怀疑你有涉嫌偷懒的倾向，故你所发布的辞职信无效，你已经被强制遣返回星海港，继续担任提督一职。

其他人职位依旧不变。

由于代号为"晴雨"的欧根亲王号重巡洋舰深海化并逃离，但是考虑到人类与深海的关系开始恶化，我们决定不再进行追踪，并且决定放逐之。

希望日后你能够恪尽其责，继续维护星海港的日常工作。

UN 总督府米拉克（Miracle）少将

2015 年 9 月 27 日 07:51:37

"Z 桑，现在情况如何？"

"还好吧幼生……'G'定律你真的想知道？"

"嗯嗯。"

"那我说了啊……别被吓到就好。我只告诉你第一定律，最简化版的。"

耳语。

"居然……人类就是深海，深海就是人类……"

"没错，我就是要看到他们了解到'G'定律的那种样子！当他们知道自己攻击的就是自己种族的生命，他们会怎样想呢？"

"不愧是 Z 将军，总有一手大的。"

"呵，幼生难道你不是么……'日本之永恒极昼'，白濑渺。"

"嘛，那倒是的……"

两人饮茶。

"对了，昨晚木屋睡得还好吧？逍遥游这家伙应该为你准备妥当了。"

"还好，逍遥游桑还是一个蛮细心的人，我觉得那个木屋十分不错啊。"

"那就可以了。"

望向渐渐开始南移的太阳直射方向，东寂天微微一笑。

"把苍蓝叫来，是时候让他知道一切了。"

"不用了，我早就偷听到了。"

"什么？！"

苍蓝脸色阴沉，出现在东寂天眼前。

"早在你当初告诉逍遥游的时候，我就在偷听了，我愣是憋了一个晚上，结果告诉了帕琪娜……对不起……"

"你……"

东寂天已经愣住了。

"帕琪娜说了，如果真是这样的话，她会劝说深海那边停止对人类的争议的。"

"呼，还好……"

东寂天终究是放下心来了。

因为他知道帕琪娜究竟有多少底细，也知道帕琪娜的性格。

东寂天为了防止深海对星海港突然进行毁灭打击，偷偷对在睡梦中的帕琪娜进行了测谎，然而并没有找到要毁灭人类的信息，当初他确实很奇怪。

之后东寂天才知道，只是自己那传承父亲的，东方人背地里谨慎的特性让自己不能充分信任这个从西西里来的西方少女。

所以他决定信任帕琪娜，让她了解也好。

"那么，欧根应该会将这个消息如同爆炸一般传播吧？我们下午临时去将军府门前接受采访，告诉全世界民众，人类深海本一家，再利用 UN 总督府继续将关系恢复。如果最终不成的话……那就是深海的末日，同时也是舰娘的末日。但是我挚爱的妹妹，夜小淇……身为深海的女王的她，是毁灭人类舰娘和深海舰娘的唯一关键，可如果真的毁灭了，她的史莱姆娘身份将会曝光，到时候黑幕就会出现，世界将再次进入一片混乱。所以，请各位保密，谢谢。"

默默喝茶的逍遥游和白濑渺，苍蓝都答应了这一要求。

然而，樱绯红双马尾的她，正在和蓝紫色单马尾的她，都已经在房间里听到了这一切！

"原来，我就是毁灭世界的关键啊……"

夜小淇蜷腿，低头，阴沉地喃喃着。

"……"大风知道真相之后，心里头也不是很过意得去。"小淇酱……我会和你在一起的呢……"拥抱着夜小淇，大风如是说。

"哪怕你被发现是史莱姆娘，我也会陪小淇的呢。"

"可是，大风酱不是有了逍遥哥了么？"

泪人，望向大风。

这真是一个尴尬的境遇啊。

但是最终的结果，还是极度悲惨……悲惨的世界呵！

深海和人类之间的羁绊，有如阴阳。

但是，这阴阳，若是达到和解，达到平衡……

就和无极，纯粹的圆圈，没有什么区别。死气沉沉。

果然，Deep Sea 和 Human Beings，永远不能达到绝对和平啊……

就跟这个社会，人类甚至都要有互相排斥的现象一样，深海与人类注定……注定是宿敌。虽然这可能是暂时的。

许多人渴望能结束这一切，然而结束了之后会怎样呢？我们并不知晓。

然而，时间才能给我们答案。

有的时候，除了等待，我们什么都做不了。

就像将死之人，除了悲哀地等待死亡一样。

不过，这令人苦恼的一切终将会过去。

一切吗？

一切……吧。

第十一章　阴谋阳计

白濑渺——来自日本的新提督。

UN 总督府直系科学院实验室里的日本代表，是舰娘日常生活这门课题的最终攻坚者。

也就是说，如果没有白濑渺，舰娘的日常维护和生活方面将处于一种停滞不前的状态。

说得直白点，就是舰娘的生活导师，和蓝空飞身为心理医生一样的地位。

但是，因为星海港太过于重要，而全部已知的高级员工全部都是中国人。

于是，在日本、美国、中国的协商下，决定让一个日本人来做提督。

就这样，跟着东寂天一起研究过战术的白濑渺被选上了。

虽然并不如东寂天那样一肚子坏水，但是白濑渺的智慧也是能在东寂天不在的时候胜任这个职位的人。

即使白濑渺并非少将，只是少校的军衔罢了。毕竟东寂天是被破格提拔的。

虽然，有着让东寂天一点也不爽的 179 厘米的身高就是了。

在第一次会面的时候，东寂天心里是这样想的：噫，居然比本大爷高这么多，皂滑（造化）弄人啊……

然而，他……是个可爱的男孩子。

因为，在那个月黑风高夜……

不说了，真是太令人脸红了。

所以，无论是 UN 总督府的人，还是舰娘，都会不经意间讨论到东寂天和白濑渺的事情。

"你知道吗米拉克？Z 桑居然趁着渺桑睡着的时候又来了一发！"

"哦？是吗？"

其实，上面的事情都是假的。

当然，因为是日本人的缘故，所以有一些日文歌词的发音也是他教给夜小淇的。

而叫他幼生的原因么……

其实身为一个父亲是日本人、母亲是中国人的后裔，他有双重名字——木子幼生。

这就是东寂天叫他幼生的原因。

此时此刻，东寂天正在唱白濑渺教他的日英双文的歌曲《Insight》，原唱是 WHITE ASH。

Just take it

（就接受吧）

You need to be yourself tonight

（今夜你需要做你自己）

重ねてそれぞれにあるイメージ

（交叠各自心中想象）

The answer is in the air

（答案仍是未曾可知）

そして行け世に飛べ

（再度出发 飞往当下此世）

You save tonight

（你拯救今夜）

合わせてそれぞれ描く夢

（融合彼此描绘的梦）

The answer is in the air

（答案仍是未曾可知）

The answer is in the air

（答案仍是未曾可知）

因为东寂天的声线比较适合中高音，所以就唱了这首歌。

刚才在星海港港口独有的、专用于拍摄视频的音频制作屋，东寂天这样尝试了一下。

嗯，确实很像原唱。白濑渺说的没错。

"果然是幼生啊，确实……无论是生物，还是动漫，音乐，他都是涉猎广泛。"

播放着自己翻唱的录音，东寂天这样想着。

"果然如果我不当提督，做个歌手也不错哈。不过跟专业的比起来，我还是太 low 了。"东寂天喃喃道。

毕竟出自一中，学术水平和艺术才干已经可以说是不错的水平，更何况他是一个不可多得的战术人才。

很多人认为东寂天是个陶醉于现实的现充，然而他并不是。

身为一个"二次元"控，他对平面上的世界似乎更具有向往之心。

东寂天起身，收拾好东西之后离开了音频制作屋，然后返回私人别墅。

"哦哦哦双马尾啊啊舔舔舔不舔不是人啊！"

人都有优缺点，但在经过父母的高素质教育，以及不断的自我考验之后，东寂天的缺点与普通人相比已经少了很多。

虽然他老爸是个农村来的人，即使是研究生文凭也还是一个生活上的大老粗就是了。他的缺点比东寂天多，正所谓长江后浪推前浪。

不过，东寂天从小就有个不起眼的痛处。

"Z 桑，刚才小淇托我把这个蝴蝶带回来给你，据说是帮你解除'蝴蝶恐惧症'什么的……"

"诶诶？！啊啊不要啊我最怕蝴蝶啦！"

东寂天算是看过很多种生物了，在昆虫方面什么种类都不畏惧，唯独蝴蝶类——因为当初小的时候玩耍被蝴蝶吓到了……

"啊，逗你的……没想到小淇说的是真的，Z 桑很怕蝴蝶哈。"

"苍蓝没想到你居然……啧……"

东寂天无话可说，只得饮茶。

2015 年 10 月 1 日 14:04:42，星海港市区·星海商城·满记甜品。

逍遥游独自坐在二楼的甜品店里，似乎在等一位贵宾。

他那暗鎏金的长发及腰，同是暗鎏金的双眸闪烁着窗外明亮的光芒。身着闪耀的镶钻黑 T 恤，和幽蓝的七分牛仔裤，以及金色的有白银鎏纹的长靴。

他的身影，被制作奶茶区的几位少女偷偷议论着。

"你知道吗，那位帅哥就是逍遥游 Sama 啊，看他的背影，似乎在沉思着什么，这样的神秘感超浓的帅哥很少见啊，更何况是逍遥游 Sama！"

"是啊是啊，深邃的暗金色的眼睛超赞了啦！"

"他好像在等人诶……好想问问他等的是谁，有可能是他的婚舰五河大凤呢！"

"要不我们一起去问问吧！"

三个少女走向靠窗的"太阳神"所在的地方。

近看，在太阳之光照耀下，逍遥游的脸庞格外有光泽，眼神散发着光芒。而左臂立于木制的台面，头倚侧在左手，好像一个冥想中的学者在深究属于他的理想。

"逍遥游 Sama……你，你好啊……我们是你的忠实粉丝。请问你在等谁啊？"

沉思片刻，逍遥游言："我在等生日仅比我晚一天的那个老朋友。"

"那是不是东寂天将军啊？大人您的生日是 2 月 16 日，而能 2 月 17 日出生的，和你认识很久的老朋友，只能是东寂天将军了呢！"

"呵，聪明……"

逍遥游点的冰冻红茶上来了，逍遥游正在慢慢品尝。

"对不起，U 神……我来晚了。"

令人意外，来的是苍蓝。

"Z 桑说他和炎炽云先生去研究那个东西了。"

刹那，逍遥游的瞳孔放大了一点，表情略微惊诧，然而只是一瞬间就变回原样。

而后，逍遥游用有点冷酷的眼神望向身穿便服的苍蓝，道："那个东西……去研究的有多少个人？"

"Z 桑，蓝空飞先生，炎炽云先生，还有李天棠先生，罗博仕先生，白濑渺酱。"

"诶诶？为什么白濑渺这么帅，他的称呼是酱啊？"

旁边其中一个围观的妹子吐槽。

"因为渺酱是个可爱的男孩子嘛，所以……"

逍遥游露出一个滑稽的眼神。

好像有什么奇怪的东西出现了啊……

"不过这不是重点，苍蓝我发现你有什么要说的好像没有说出来啊。"

"那，U 神我说了啊……关于结果。"

"等一下，"逍遥游示意让苍蓝停止，"可以回避一下吗，姑娘们？"

面对这样帅气的逍遥游，三位少女满怀欣喜地离开了。毕竟一睹了逍遥游独有的神秘风采。

之后，苍蓝对逍遥游耳语。

"……呵，说白了，错不是我们人类造成的。不是因为我们发展太快，是因为深海的思想基本没有成熟啊。"

逍遥游饮茶，细细品味了一番。

"嗯……只是想要毁灭人类，然后重生世上最美好的东西？什么幼稚的想法。少年漫看多了变愚钝了？这个世界阴阳平衡的总定律所有事物都不可冒犯，更何况小小深海？"

"那……U 神，我们应该怎么办？在这个时候我们总需要一点方法去解决这个问题吧？"

只见逍遥游竖起了左手的食指和中指，示意不可。

"不是所有事情都能得到解决办法的……我们只能绝望地看着事态发展。"

"难道……就真的没有办法了吗？"

面对有点失落的苍蓝，逍遥游叹气，饮茶，然后又放下茶杯。

"顺其自然，无为而治。老庄说的。"

老庄？老子和庄子？

苍蓝开始回忆自己在以前的学生时代所学过的知识。

顺其自然，无为而治？

他第一反应就是庄周所著的代表作，《逍遥游》。

不愧是逍遥游啊……逍遥游！

"所以我父亲给我这样取名，用意在此。他就是想让我拥有智慧以后，能够在天下自由奔走。所以，我生而逍遥，生而游。因此我也不会对这些事情在意太多，既然无法改变，那就只好接受事实吧。"

苍蓝终究是明白了，为何逍遥游只要大风一艘船的原因。看来跟他的家风有关呢。

他和东寂天，终究有不同之处。

庄周和惠施吗？

也难怪这两人能有这么好的关系，看来是命中注定了啊。

"但是……既然结果在这里，而且又因为前面的事情，人类和深海大战不可避，然后 Z 放出了'G'定律第一定……"

突然，逍遥游明白了什么。

"呵，这个家伙真的是《三十六计》和《孙子兵法》看多了！Z，果然是带着谜之恐怖的'零'，能够用强大的信念抹去一切的存在！Zero 啊……"

苍蓝很疑惑逍遥游所想到的内容，为什么逍遥游会突然间变得畏惧东寂天了？

"怎么了U神？"

"呵，不愧是东寂天……"

苍蓝第一次听到逍遥游直呼东寂天的全名。

"借着大和出现，然后窃取大和的能量核心，意味着深海的一切都能迅速被我方知道；而且还利用深海化的欧根，传达深海以'G'定律第一定律，导致深海进入迷惘，不会再次出击并攻击人类……简单来说就是把别人最重要的东西抢走，可又让别人无所行动，而别人的行动又会被自己知道，别人从此毫无还手之力！"

"什，什……"

苍蓝面对这个说法，已经接近大脑当机了。

"这样，就能防止深海过强的未知底牌阻挡自己的胜利。好一个顺手牵羊，好一个李代桃僵！只要有了深海院长级的核心，不仅能有庞大的深海能，供自己利用，还能窃取深海的一切最新动向；甚至……摧毁一个院长，导致其没到一年时间就别想再浮出水面与我们战斗了。这个家伙，果然是战术师的领袖，不，他已经是战术神了！这家伙太阴险手辣了！"

"那，那帕琪娜……"

苍蓝担心自己家里的帕琪娜也会被东寂天这样摧毁，他现在才知道那少年样的东寂天，居然有这么大的威胁力！

"不，那倒不会……因为帕琪娜在目前看来还是安全的，而且在你的人性光辉面影响之下，她已经有彻底放弃战争的倾向。甚至，与自己是个要塞的身份诀别。除非被……"

"除非被什么？"苍蓝开始慌起来了。

"除非被控制了精神，例如深海的黑科技……"

果然，深海还是要成为人类的敌人么……虽然人类就是深海，深海就是人类就是了。

可是，过去好几天了，为什么"G"定律一直没有出现在的电视荧幕上呢？

2015 年 6 月 26 日 20:49:44，德国。

逍遥游依然在喝茶，瞑目微笑。

一阵阵属于铁观音的清香向着远处飘扬，似乎笼罩了整个港口。

"是谁在喝茶啊，好香啊……"

"闻起来好像是中国的茶呢……"

远处，巡逻士兵们的讨论声传到已经摆好茶几、悠悠品茶的逍遥游耳际。

但是此时，他听到的一声招呼让他回首了，即使眼睛还是闭上的样子，但还是能从微光中看见他其实正在注视的前方。

"逍遥，又在喝茶哈。"

是黑发的东寂天。

和自己那种暗金色的头发相比，略显深沉。

"Z，你又来了。找我何事啊？"逍遥游笑道，笑完便轻轻抿了一口茶。

"欧根一直在纠结关于人类舰娘深海化的事情，能跟我讨论一下么？"

"这么简单的事情还来问我，你和我究竟是不是一个实验室的？你其实是想从我这里讨到一个不会让舰娘吓到的委婉说法吧？以你这种能进到我们实验室的智商，想想都能知道啦。"

"其实我确实是知道，但是我担心的是，我的猜想是否正确。"

"那便说吧。"逍遥游呷了一口茶。

"是这样的。这个人类舰娘深海化，我想可能是因为受到了负能量的影响吧。"

"所以连初中生都能知道的事情还来问我，想必肯定有什么奥秘在你的话里。"

"但研究玄学如此透彻的你，也应当知道阴阳配对吧？"

"是呀。那又怎么了？"

"那么我猜想，她们当中有些是因为过去的黑色历史，让她们心中的负能激化，愤怒、悲伤、恐惧……一切跟这个世界的阴面有关的情绪，使她们成为深海；也有些是因为战役中被打败，最后被深海阴面所影响，以至于希望基本上消失在心底，心中所有的只是黑色罢了；更有些……是因为什么我就不知道了。"

"是舰娘的初衷。"

2015 年 10 月 1 日 17:42:11，星海港·私人别墅。

"舰娘的初衷么？"

东寂天站在阳台的栅栏边，望着落日的大海，回忆着。

"是啊，为什么要诞生在这个世界呢？就和我们人类一样，小的时候朦胧地寻找自己存在的意义一样，直到长大以后才明白自己存在于世的意义……"

东寂天回想起了以前那幼稚而天真的自己，成长为现在这成熟而理性的自己的全过程。

"果然，还是只有时间才能让深海接受更多伤痛，无限而残忍地让她们在我们人类的世界中受到伤害，才能明白自己存在的意义，不是为了屠戮人类，而是与人类共生……而之所以选择武器的英灵化，就是为了给我们人类敲响一次警钟，不要让我们再污染深海啊！"

东寂天叹气。

"然而，深海何时才能像我当初一样，选择融合于集体，哪怕这个集体存在自己难以接受的异议呢？可是这个集体，会再接纳深海这样的杀戮机器，就像当年接纳疯子一般的我吗？"

是啊……深海会选择融入吗？人类会介意深海的介入吗？

果然，这真是一个看起来根本不可能完成的任务啊……

"墨菲定律，你会在那时候释放你的光辉吗？"

哪怕只有，万分之一。

第十二章　交易与合作

2015 年 6 月 26 日 20:49:44，德国。

"是舰娘的初衷。"

"？！"

东寂天当初完全没有考虑到这点。

"舰娘存在的意义是什么？我想凭借舰娘的智慧只能停留在像机器一样服从人类的那种忠诚之智吧？"

"所以说……"

"舰娘的初衷就是跟你当时研究得最多的东西是一样一样的。"

"零，"东寂天几乎是颤抖着说话的，"和一？"

"没有错，就是你的代号，Z（Zero）。"

逍遥游喝了一口茶。

"就是计算机编程代码。也就是人工智能。因为就凭借原本的人性来讲，忠诚是不可能永远在心底里占有重要地位的。我说的是原本的'人性'，不是'奴性'。"

"咔……"东寂天的拳头握紧，发出咯吱的声音，表情严肃。

"你知道为什么这世界上只有舰娘，没有舰男么？"

面对沉默的东寂天，逍遥游决定给他一点回忆的时间，让他此刻忙碌于港口工作的心，回归当初的实验室。

"在当初，我们几个就是花了两天，研究这个项目的，还记得吧？"

"因为女性更加温柔，更能维护世界的和平安定。一切的杀，是我们男人所引起的。女人的心就算是海底针，只要有磁性，同样可以捞出来——她们不喜欢杀，只喜欢和平地生活。"

"……我记得了。当时你说过，因此这个世界只有舰娘，没有舰男。"

"但是因为是阴性！"逍遥游的声音扩大了，"所以她们的心，更接近'黑暗'的边缘。所谓的喜爱和平安定，其实就像一颗纯洁的金刚石，一旦高温低压，充满氧气——或者说，一旦沉没于深海，低温高压，隔绝了世间那种纯洁的养料……"

"所以更容易深海化。"

"为了保证舰的灵魂忠诚于人类，不会肆意杀戮，因此只有舰娘；但是因为女性为阴性，所以更接近'黑暗'边缘，更容易深海化。假如给你两条路，一条是随时可能黑化，但长期较为安定，一条是不会黑化，但是会进行杀戮，长久不静，你会怎样？"

"……就人类本性和最终利益来讲，我选择前者。"

"所以就是这样。"

东寂天似乎明白了什么。

"但是她们这么像人类，她们的性质怎么会是'奴性'这么一种贬义词？"

"就是因为过于忠诚，内心像是一颗钻石，没有一丝一毫杂质，所以已经可以说是最高贵的人性——但你知道，这种所谓最高贵人性，是不可能存在于人类的。由于简直像宠物一样忠诚无二，所以说……"

"就算有人工的智能，与人类的智慧无异，但因为太过于忠诚，太过于正面，又能够触发什么呢？我有点不理解了，请用一些比喻的方式让我理解吧。"

"你想啊，将100℃的水和10℃的水放在同一冰箱，哪个冷得最快？"

"……那肯定是100℃。至少就冷却速率来讲，它是最快的。"

"所以更容易被黑化，只要接触了较为负面的东西，极易受到影响，更不用说是那种最黑色的情绪。"

"我终究是明白了。原来她们是被我们，被这个世界感染的……"

东寂天凝视前方，那黑色的湖面微波粼粼。

"既然根据玄学，来自世界的污染不可避免，那我们是不是要用我们的光去驱散她们内心的黑暗？"

"这个你自己判定，我没有舰娘不说话。"

逍遥游还是那副邪魅的样子。

"不过，Z，我相信你肯定会的。就凭那次你真的把事情做绝了的'三一零'事件，我赌你会。"

发生在初三时期的'三一零'事件……

不，还是不要去回忆了，不是不想，而是不敢啊！

"看来是要给你赌赢了的报酬了啊。"

"不需要。我只想要成为逍遥游——逍遥自在的游人，如你初言。"

月色虽不明亮，但逍遥游的眼神却被照耀得发亮。

似乎能驱散一切黑暗。

而东寂天不知道的是，逍遥游这个家伙，比他生日早一天的老朋友，他在星海港的实验室里还有一张被许多东西压住的纸。

如果东寂天仔细一点，是能够发现的。因为那是一张深蓝色的纸片，上面用黄色铅笔写着一串文字：

"以星辰大海为梦想的人，必将净化那一片被污染的沧洋。——给 Z 提拔为少将后的大礼。"

2015 年 10 月 3 日 12:58:13，星洲海峡·J 地区。

这里是南亚地区的所谓院长的所在地，但是因为是虚假舰院长，所以对于世界范围内所有人类势力来讲并没有什么太大的威胁。

只是说……相对日本扶桑的虚假舰院长来讲，星洲海峡院长要强上不少。

"大哥，今天我们砍谁？"

反击·改一，声望级 2 号舰，询问身为乔治五世级 2 号舰的威尔士亲王·改一。

此时，她们正在以雷达互相交流信息。

"嗯……听说星洲海峡院长最近好像又出来行极恶之事了，我们今天就砍她吧。"

戴着眼罩的威尔士亲王轻轻地抿了一口红酒。

"是，大哥！"

望着忙碌却有序的姑娘们，东寂天只是在威尔士亲王号前方的甲板上默默饮茶。

没错，Z舰队。

这就是东寂天（Z）之所以被发配到星洲海峡的另外一个"并没有什么卵用"的原因——为了玩代号梗。

其实，她是和东寂天，一起来归还大和的能量核心的！

2015年10月1日19:42:09，星海港市区内·中兴大厦·27楼·星海港附属研究所。

苍蓝和帕琪娜应东寂天的邀请，来到了这里。

但是，在研究所门外，他们感觉到了不一般的威压。

为什么，心中会产生这样一种恐惧感呢？

"提督，我有点害怕的说……"

"别怕，有我在呢，帕琪娜。又不是第一次来这里了呢。"

不过，打开门以后，这对恋人才真正意识到了目前的状况。

只见在研究所里，东寂天正以霸气的跷二郎腿姿势，坐在旋转椅上，靠着扶手，望着两人。

而且，不只是东寂天还有——

蓝空飞在观赏夜晚的星空，两人来到之后便转首望向他们。

炎炽云一直坐在远程直播视频面前进行调试数据工作，看到两人前来，扭头，轻轻把右手挥起示意问好。

李天棠和罗博仕则在炎炽云旁边仔细观看，发现两人前来，争相直起身子看向他们。

逍遥游靠在桌子旁边，楼梯旁的墙上，两人来到之后便转了下眼珠，看了看他们。白濑渺则坐在会议长桌距离两人最近的边上。

而云圣贤在两人身前，彬彬有礼地鞠了个绅士之躬。

鞠躬同时，云圣贤还刻意低下了一分身子，让两人能看见东寂天身后的大屏幕。

大屏幕上，是围着会议圆桌的众人：除了一个金发蓝瞳年轻男子和一个黑发黑瞳的眼镜男之外，都是清一色的美国舰娘。

"呃，大家……这是在干什么啊？这么多人哈……"

苍蓝看到这么庞大的阵容，突然明白了进门之前的威压之根源，但又不知道大家是来做什么的。

"苍蓝小哥，帕琪娜小姐，欢迎受邀来到 UN 总督府直系科学院会议。我是 UN 总督府兼 UN 总督府直系科学院首席外交官，云圣贤，代号 Saint。"

苍蓝并不明白，为何云圣贤要当着大家的面再次自我介绍。

不过 Saint 这个代号……嗯，总觉得有点内涵呢。Saint，圣者的意思么？

"你们现在一定很慌是吧？尤其是你，苍蓝。果然是被我们这么庞大的阵容吓到了哈。"

蓝空飞推了推眼镜，好像真的能把苍蓝看穿地吐槽道。

"我是 UN 总督府直系科学院心理学顾问，蓝空飞，代号 Nebula。"

Nebula……星空？

"果然开始纠结起我们的代号问题了么？"

炎炽云则微笑，笑得十分灿烂，灿烂得就像能给世界带来温暖。

"我是 UN 总督府直系科学院人工智能设计师，炎炽云，代号 Blade 哦，嘿嘿。"

Blade……炽焰！

"好了不用废话了兄弟们，对苍蓝和帕琪娜的自我介绍到此结束。"

只见金发蓝瞳年轻男子拍手示意停止。

"反正一下子知道得多了脑子也会爆的，就让他记住这些人的身份与代号便是。"

"可，可我还想知道呢……"

"唔，提督……算了吧，我们来这里还是有正事的喵。"

听到帕琪娜这么说，苍蓝还是停止了自己想要了解关于直系科学院更多的信息的念头。

"首先，关于大和的核心研究，我们已经成功了解到了深海的大量信息。但是在采集了大量深海能和大量信息之后，核心因为自我防御机制有一定概率自爆，而且采集越多越容易自爆。"罗博仕首先发话了。

"关于深海的消息，大多都是有关分布世界各地的深海舰娘的具体数据，还有到寂爷夺取大和核心为止这些深海舰娘的具体位置。"

"但是东寂天少将是在 24 日晚上 22 点左右夺取大和核心的吧？"

金发蓝瞳年轻男子望着手中的报告，然后抬头面对屏幕说。

"是的，也就意味着在此期间可能会有部分深海舰娘的移动，或者是全员移动……也就是说这时候深海舰娘可能不在原位置了；但是我根据其移动方向能够预报她们目前可能的位置，只是准确率未知罢了。"

"那除此之外还有什么信息么？"

"对方的战舰总量……包括虚假舰，达到了上万单位。"

什，什么？上万？！

"不过真实舰的数量很少，已经不到两千，只是不排除同一级，同一战舰量产的可能。"

"那么，关于能量呢？"

"这个就是白濑渺负责的了。"

"Vita（生命）专家，你的调查结果呢？"

原来，白濑渺的代号是 Vita 啊……

苍蓝这样想着，默默地倾听着诸位的言论。

"能量值很高，目前提取出来的深海能大约相当于十万只 60W 灯泡连续工作 30 小时的总能耗。可惜只是提取了预计总量的 60% 左右，如果再次提取估计自爆率会提高更多，为了不达到有安全隐患的 20% 上限，目前提取的能量总数大约就是仅此而已了。"

"那就是说我们可以从打捞上来的深海舰娘身上取出核心，并且吸收深海能了？"

"没有错……"

"等一下，"帕琪娜有点坐不住了，"如果取出核心，对我们舰娘来说岂不是太黑暗了？我虽然身为要塞，但也是变相的舰娘。我的核心你们要是敢动的话我可以分分钟夷平这个岛屿。"

"这就是我为什么叫你和苍蓝过来的原因了。"

东寂天反而开始插话。

"这种结论可能会对深海造成不利，但对于人类最终利益来说，我从我的妹妹，小淇的地下实验，也就是秘密实验的结果来看，深海能……有利于净化人类活动产生的垃圾和废气，可以将这些分解重组成无害的产品。我和幼生一起验证过的。"

"那也就是说，只要我们拥有深海能，就意味着地球将会被净化，重新变成原来那样清洁，人类就能高速发展了？"

苍蓝半疑半答的话，东寂天只是点头应对。

"嘛，如果真是这样的话，深海岂不是不会被污染了？那样的话……姐妹们就不会因为人类为了自身利益不惜破坏环境而对人类出手了呢。"

帕琪娜突然之间觉得这样的举措还是可行的。

"但是，目前人类能够利用深海能的措施只是直接采集核心来提取，我们找不到其他方法可以转化利用了。"

白濑渺这一句让帕琪娜不能忍受了。

"难道只有这种办法吗？那样对于我们深海来讲，就跟抢劫没什么区别了啊！"

"冷静，帕琪娜。要不然我不会当着大家的面说这个的。米拉克少将，你觉得呢？"

金发蓝瞳年轻男子回应了东寂天的问题，"啊，事已至此，我倒是有一妙计。诸位请听我说。我们可以解决深海与人类的关系问题，但是如果还有深海舰娘不肯相信我们的话，那么就用榨取能量这种方式作为惩罚如何？"

"但，但还是太残忍了啊！"

帕琪娜觉得这样对于自己的深海姐妹们确实……太残忍了。

"不过不用担心，我们会跟各国再次协商，根除反对人类与深海结交的异端，而且——与深海联手。帕琪娜小姐意下如何？"

"联手根除结交的异端？"

听到这儿，帕琪娜两眼放光。

"太好了！只要这样，姐妹们就会相信人类还是能自我反省，做好自己的！这样就可以避免讨厌的战争了呢！"

"但是，我有个要求，帕琪娜小姐。"

"说吧说吧！"

看到帕琪娜这样兴奋，米拉克决定直接说出来了。

"或许对你来讲是个比较耗时的要求，我需要深海对人类的再一次信任，并且我们需要告诉深海——人类总有那么一部分不能团结，这点是无法避免的；如果深海能够理解这点，并且协助我们将不团结的呼声打压到最小，那就是最好了。因为万事总有极限值。"

"嗯，我会让我的姐妹们努力去接受的！"

"但记住，如果你们当中有舰娘阻止我们的友好关系继续下去，就休怪我们不留情面了。毕竟你们深海的思想，还是不够成熟啊……"

帕琪娜自然也是知道自己的姐妹们还处于一种不计后果的满腔热血状态之中的。

果然，身为意大利西西里岛的院长，还是要以身作则啊。

"好吧，人类，我答应你们的要求。合作愉快啦。"

"合作愉快！"

东寂天代表在视频另一端的米拉克，向苍蓝和帕琪娜伸出了友好的手。

"另外，对于大和的能量核心研究工作已经结束，我打算 2 天之后回归核心。"

"啊，那真是太好了呢。我回去就通知星洲海峡的院长酱去接收！"

"善哉，善哉！"

众人开始拍手称快，为人类与深海的再次合作成功而喝彩。

然而……

逍遥游，依旧背靠着墙，并没有入座。

他抱着手，弯曲右腿，以左腿支撑自己的平衡，脸上只是一种不屑的微笑。

这么草率就答应了么？

逍遥游这样想着。

果然还是思想幼稚的舰娘。与其说是与人类毫无差异的人工智能，不如说是猴子（Saru）啊，半点精神方面的进化都没有呢。真正的暗流，现在才开始涌动呵！

邪魅的微笑挂在逍遥游的脸上。

因为这个世界有一条适用于所有生物，可以说是万年不变的定律……没有永恒的朋友，只有永恒的利益呀！

逍遥游将目光转向东寂天。

你这个阴险狡诈的老家伙，肯定又要做点什么事情了吧？

而后，逍遥游仰头，轻轻叹气。

或许在外人看来，逍遥游是为了深海和人类的和解而放下了心中的包袱；但是唯独东寂天，这个已经在意到逍遥游目光的战术师，以瞬间冷酷却自信的眼神"回礼"了逍遥游。

之前因为"G"第一定律带来的迷惘，和现在突然之间的和解，两者交融，看来深海将要成为囊中之物了……只是不知道你们能不能发现里面的黑幕呢？

同样的，东寂天也若有所思般邪魅地微笑起来。

第十三章　《凤凰花开》

2015 年 10 月 4 日 22:17:38，星海港·私人别墅。

"嗯，今天又无事可做了呢。"

苍蓝就这样躺在客厅的沙发上。

"对了，听说很快《战舰少女 R》就要公测了……哦！"

突然之间，苍蓝想起了一件重要的事情。

"公测……那也就意味着星海港传媒的新微电影《凤凰花开》将要同步上线了！"

苍蓝此时异常兴奋，因为他手上有《凤凰花开》的先行版——属于内部人士特有的先行版。

兴奋之余，苍蓝打开了房间电脑上的视频。

"不知道 U 神和大凤酱的演技如何呢？"

果然，要知道答案还是要看了一遍再说。

"滴。"

"学生卡！"

苍蓝被这一声吓到了。

"哟，没想到苍蓝现在也会'开车'了啊。"

只见身后的白濑渺……正以微妙的眼神望着苍蓝和电脑屏幕。

"开车？什么意思哈？"

"默默看片吧，苍蓝。这种事情你还是不知道的比较好。"

"哦，哦……"

2015 年 3 月 21 日 11:47:46，中国·A 市·一中。

逍遥游放弃了下午的英语补课，来到了这有着将近 70 年历史的老校——一中，高中部。

昨天，逍遥游的母亲帮他报了一中成长营。然后逍遥游答应了。

当然，其实是草率答应的。

现在，他来到了这个传说中最自由，而云集全市精英的环境。

"学弟学妹中午好！请往这边走！"

逍遥游有些惊讶。

这里的学长学姐竟是如此热情，充满朝阳之气。

他从未见过有这种欢迎的方式。

"学弟你好，请问是来参加一中成长营第一季的学弟吗？"

"就是老衲。"

"请往右走，然后再左走，跟着学长学姐所指的方向哦。"

"谢谢。"

从大门进来，就到了阶梯教室。

教室上面是正方形的空间。而外面只是一面墙和两扇门罢了。

只见学长学姐们在教室外面摆了两个长桌，上面就是登记签到的地方。

"学弟你好，请问你叫什么名字？"

"逍遥游。"

"北冥有鱼其名为鲲……啊不好意思想起了《庄子·逍遥游》……我来找找……是第十组。飞机！锤子！这里又有一块小鲜肉了！"

鲜，鲜肉？

"你好，我是飞机学长，这位是锤子学姐。"

这，这外号什么鬼……这么奇特？

眼前是一位戴眼镜的白发少年和有着银色双马尾发的可爱少女。

"啊，老衲就是逍遥游。"

"原来是你啊，我就说为什么居然有人叫逍遥游呢……锤子，带他进去先坐好吧。"

"来吧，帅气的学弟！"

这，这种羞耻的感觉是怎么回事……

但是逍遥游依然面不惊慌，将双手伸进裤袋，微笑走进阶梯教室。

阶梯教室呈扇形，接近圆心的部分是讲台，往外就是过道，以及阶梯形状排布的弧形固定椅。

只是逍遥游刚刚坐下来，放下背包，往左一转头——

"诶？花凤凰？"

是有着樱红色双马尾，可爱脸庞，身着白色纽扣上衣、蓝色及膝裙子和黑色靴子的她。

"逍遥游？你，你怎么——"

"呃，呵呵……只是，只是被我妈强行拉来的……"

花凤凰，是逍遥游的青梅竹马，双方父母都是死党，而且还曾经有让他俩以后结婚的打算，可以说花凤凰就是逍遥游的未婚妻。

他俩曾经是小学同班同学，初中以后虽然不同班但也在同校。

那个时候，他俩产生了一丝丝情愫。

但是，逍遥游的父亲和花凤凰的父亲都是开明而机智的人。

"只要你努力学习，就一定能成为配得上逍遥／凤凰的人。"

于是，一对学霸CP就这样诞生了。

然而，十分可惜，因为学习的缘故，两人自从初中以后再也没见过面，真是造化弄人。

只是这次……

"……"

花凤凰害羞地别过头去，而逍遥游则有点尴尬地望向另一边的天花板，"呃，呵呵"地发音。

"话说凤凰你为什么要过来啊……"

"嘛，因为我想考一中。"

"呃？"

"一中嘛，比较自由，可以逍遥自在地学习，感觉比呆坐着好多了……诶，逍遥我不是说你啊，艾玛……不是有意的啦……"

"呃，呵呵……"

原来她要考一中啊，那么……我干脆也试试？

"原来你俩青梅竹马呀？真是好玩呐！"

"锤子学姐别调侃我俩了啦……"

"呃……只是巧合。"

在经过半天的成长营之后，逍遥游对这个神一样的校园有一定的认识。

这里的一切都在吸引着他。

有趣的活动，烂大街的学霸，各种领域的能人，以及会吟诗的数学老师，那个说自己"强，尢敌"的强哥……

最重要的，是那个如同花仙一般的少女。

一中，我来了。

他无法忘记那由一中前辈们制作的视频，无法忘记那首 BGM——Tell Your World，初音未来的歌。

更无法忘记他亲笔写下的信——留给成为所谓的"欧皇"的自己的信。如果考上一中，就能得到这封信。

回来以后，他在房间墙上贴上了纸。

"信（wo）仰（yao）之（tou）跃（du）！"

2015 年 5 月 23 日 08:00:19，一中。

他又一次地获得了参加一中自主招生体验课程的机会。

她又一次地和他相会。

"诶？又是你？"

"怎么，老衲来考试不欢迎么？"

"啊，这个……嘛，我先去考试了，再见……"

花凤凰一脸羞涩地跑开。

因为两人都在完全中学，按道理来讲不能在一中参加正式课程，所以在各自的教室里，一中最具有代表性的学生团体——学长团的学长学姐给大家放了视频。

是，是那个……

当初，逍遥游正是因为它而产生了动力。

他回想起了曾经贴在自己房间的纸，回想起了曾经其他同学对他的嘲讽……

"就你还想考一中？以为自己很厉害是吗？"

"现在的你恐怕是去不到一中啦！"

"看清你现在的样子！你就是个被唾弃的可怜虫！活在自己梦里的中二病少年！"

"你给我好好看清你现在的局势吧！"

我不会放弃自己的梦想。不会！

一股想要超越自我的力量开始注入身心。

那是为了洗刷自己耻辱而生的怒火。

缘分未尽。

2015 年 7 月 16 日 11:44:35，一中。

暗金色发的逍遥游，樱红色双马尾的花凤凰。

自由，凤凰花——一中的象征。

"我 439，踩线进来了。"

"嘛，我 440 的说……"

"噫！学霸死开！"

"就不！"

那天日落，逍遥游与花凤凰在摩天的公寓楼顶层，他们的新家中……

"逍遥，这件好看吗……"

依然是双马尾的她此时身着黑色的短袖旗袍上衣，刚刚好遮住大腿的一半，开叉高到腰间。

"噗——"

逍遥游轻轻喷了一下，但没有朝向花凤凰。

白色背心，黑色睡裤的他望着眼前这可爱的少女。

"你，这，我，我们还未成年啊，穿成这样犯规啊……"

"未成年又怎么了？逍遥游我喜欢你啊！"

花凤凰的眼角突然温热了起来。

"从小到大这十几年来，我都在过着没有你的生活……要不是为了配得上你这死学霸我才不要学习！我只想和你在一起啊……"

花凤凰将逍遥游压在自己身下，泪水控制不住地滴落在逍遥游身上。

"你知道吗，呜呜……我为了考一中，不惜一切代价和我最好的朋友闹翻……因为我知道你喜欢自由，无拘无束的校园生活……才要考一中的……呜呜……"

这，原来是这样么……

"凤凰，别哭了。"

逍遥游轻轻拭去少女的泪。

"我也曾像你这样和我那帮所谓的兄弟撕逼过……我理解你。我其实也喜欢你挺久了……自从那天知道你要考一中，我才决定要和你一起考的……"

"那……我能夺走……嘛，好羞耻……"

"是我的……这个吗？"

花凤凰指了指嘴唇。

"如果是这个就还好，我的兄弟那里就不用了……"

"噫！才不是你的兄弟什么的啊！呜呜好难为情了啦……"少女紧闭着眼，害羞地叫道。

"那……逍遥……"

花凤凰捧着少年的脸庞，自己的嘴唇慢慢接近。

果然，爱情的力量是伟大的，无穷的。

或许爱情是某些事物的坟墓，但爱情是使人奋发向上的动力。

为了自己所梦想的东西奋斗，或许我们就能在这个过程之中寻找我们奋斗的意义。

暖暖的海风轻轻地吹来

凤凰花又盛开

只见逍遥游从口袋里拿出一朵凤凰花。

远远地浮起一片片红云

我的梦做了起来

在火红浮云的相衬下，逍遥游轻轻地将凤凰花别在少女右边的马尾绳上。

如今我早已在凤凰树下歌唱

难忘记那个夏日

校园外徘徊期待

"……好看吗？"

"嗯，凤凰现在这样更好看了呢。"

"……嘛，谢谢夸奖的说……"

暖暖的海风轻轻地吹来

凤凰花又盛开

我感到时间它过得真快

去年的花影还在

"凤凰，你小时候挺可爱的，现在突然之间变成一个美少女我还不能适应呢。"

"逍遥也是，以前调皮捣蛋，转眼间变成了温文尔雅的男人了呐。"

岁月不将人待

花枝在风中摇摆

我的旅程怎么 怎么能够懈怠

"接下来，我们的高中生活就要拉开帷幕了，希望我们能是同一个班。"

"嗯嗯！"

凤凰花又开

回回令我感慨

凤凰花又开

朵朵叫我珍爱

凤凰花又开

回回令我感慨

凤凰花又开呀

朵朵叫我珍爱……

此刻，虽然没有月亮的陪伴，但是，这对青梅竹马不会孤独。

"请问 2 的 9 次方加 2 的 3 次方等于多少？"

花凤凰心算了一下，突然间明白了逍遥游的意思。

花凤凰流下了开心的泪水，嘴角上扬了一些。坐在逍遥游身上的她倾下身子，和逍遥游拥抱。

"……我爱你（520），逍遥。"

都市落日，依旧美丽。

在落日之下，凤凰木上，依旧是随风轻轻浮动的赤红之花。

口琴的乐声，传遍整个如凤凰一般、像鲲鹏一样展翅翱翔的 A 市……

"果然 Z 桑唱歌的实力不亚于原唱啊……"

"那是必须的。"

面对苍蓝的感叹，白濑渺用起了东寂天常用的口头禅。

"想当初天台乐队的主唱就是他啊。"

"喂喂，你们又在讨论什么鬼。"

两人回首，发现居然是——

"好啊，你们居然有种偷看先行版。"

"诶诶诶Ｚ桑？！"

"啊，Ｚ桑……我们不是故意的哈……看到苍蓝准备看我也忍不住去看了。"

"不过我能告诉你们一个很Flag的'卫星'。先行版没有的。正式版在这里后面还有一段剧情，逍遥游和花凤凰并没有在一个班，他们又一次地在隔壁班了。啊哈哈！"

"为啥啊？"

"因为……"

望着窗外的下弦月，东寂天回答着。

"有的时候，事情只是巧合，绝大多数时刻都不可能会重复。毕竟这个世界上的巧合是极少数的。"

"也是呢……"

苍蓝虽然有点不太能接受这种有点尴尬的结局，但是世界上没有这么多次巧合，他也是知道的。

就像他和帕琪娜的相遇，就是一场巧合。

但是，这真的只是巧合吗？

不，绝不是巧合……就像上天写好的剧本一样啊！

苍蓝总觉得，自己和帕琪娜之间……绝对有什么不可分割的羁绊。

不只是那次巧合地相遇，巧合地聚在一起。更是仿佛从不知多久以前就已经约定好了的，七月份里那场满月之下的相遇。

因为本该高冷的要塞姬，不可能这样对一个自己本不会信赖的人类停下自己的炮火。

难道自己……真的和她在过去的时光里相遇过吗？

不可能吧。因为在这个世界里，没有时间机器啊！

可是，为什么感觉她好像见过自己似的……在那次最初的相遇之前？

果然，我们是彼此无法分割的存在么？

就有如晨曦（逍遥游）和朝阳（五河大风），初升的太阳被晨曦之光所包围一样，自己和所爱的她，必定是夜空中皎洁的月亮（帕琪娜）和深苍蓝色的大海（苍蓝），苍蓝大海之上，是高贵而夺目的满月。

第十四章 "隐形恶魔"

2015 年 10 月 4 日 11:39:02，马六甲海峡海域。

那是一艘与众不同的战列舰，运用了更加强大的深海能进行了未来化改造的新型现代化战列舰。

这是一个时代的创新之作，第一个能够装备现代化装备的神作。

根据当今的都市传说，在战列舰的圈子里，最厉害的，既不是身为院长的大和，也不是依旧还没有建造成功的蒙大拿，而是一艘从来不为人知的英国战列舰"安森"或者叫"隐形恶魔"。据说，有许多战列舰都想挑战"安森"，结果，她们大破回家时，身上全是看不到来路的 356 炮弹，而且，从来没有战列舰打中过"隐形恶魔"。

她，有着栗色及肩短发和蓝色瞳孔的少女，正穿着和她姐姐威尔士亲王·改一一样的制服，佩戴着同样的饰物，正站在战列舰前身的那片甲板上，往那个传说中的"自由圣地"——星海港行进着。

只是和威尔士亲王相比，原本是红色的外套，被换成了金色。

当然，因为她兼容了当今世界的最强科技，所以还不是很稳定，有可能会在某一天回炉改装。但是这依旧改变不了当今的都市传说。

——虽然这个都市传说是安森自己幻想出来的，实际上根本没有这回事……

在英国的总指挥官皇至臻为了能让太平洋地区人类的势力更加壮大，因此派她前往了星海港，实质上是进一步了解星海港的动向，从中能获得对英国皇家舰队有利的东西。

然而即将到达之时，安森就遇上了一些不得了的事情。

"什么？居然是深海！"

看到过路的深海舰队，安森自然是不能容忍的。

虽然在 3 天前，深海与人类进入了第二次合作状态，但是她对深海的反应依旧是那么激动。

"喂，那边的，和我战一局吧？"

"呵，居然只是孤身一舰，很有趣嘛……"

只见深海战列舰上的白色长发少女舔了舔嘴唇。

"那好，反正最近也闲得没事可做呢。"

战斗就此开始了。

深海方是一艘战列，两艘航母，一艘轻母，两艘轻巡，全为虚假舰。

说时迟那时快，安森毫不犹豫地对着一艘轻母进行了左舷炮塔的开炮。

成功击沉。

但是，安森依旧要承受接下来的两艘航母的轰炸机和鱼雷机的伤害。

不过，因为安装了数座本国制造的博福斯六联防空机炮，这些飞机都不在话下。

可是她依旧是失算了。

AB 炮塔全部被轰炸机炸毁，左右副炮全部失灵。

安森想要用 Y 炮塔进行反击，结果意外地卡死。

"唔，可恶……"

在攻击受到限制的情况下，安森原本引以为豪的隐形防御系统此时因为能量不稳定因素强行关闭了。

而结果就是……

都市传说的打破。

"唔啊！"

那艘被称为"隐形恶魔"的战列舰，头一次被这样命中，然后整个舰身往左侧倾了 20 度。

"果然，T 劣不可避了吗？"

安森头一次这样感受到了压力。

此时，两艘深海轻巡发现了战机，于是使用了鱼雷，只是安森依靠29.2节的高航速还是能够避开这样的攻击的。

"果然，一对六真的有点吃力啊！"

安森心里五味杂陈。

2015 年 10 月 4 日 12:18:58，星海港·舰队实时指挥中心。

"报告 Z 将军，根据卫星云图和全球定位系统显示，即将到达星海港的战列舰"安森"号在马六甲海峡的编号为 3-4J 的海域受到了深海舰队的攻击，请求支援。"

"什么？明明都和解了为什么要进行战争……"

东寂天听了士兵的报告，非常不爽。

"我知道了，让苍蓝和帕琪娜前往 3-4J 海域。先让他们到我这里确定任务，尽量快点。"

"明白，Z 将军！"

一分钟后。

身穿黑色提督制服，戴着黑色提督帽的苍蓝和身穿蓝色水手服的帕琪娜同时前来。

"我在英国的好友，皇至臻将安森给我做新的秘书舰，结果她被深海舰队围攻了。"

"不对啊，明明深海和人类再一次进入了合作时期喵？"

"Z 桑，我想深海舰队在帕琪娜的命令下应该是不会对人类舰娘出手的啊？而且还是 3-4J 海域，那个地方身为南海附近海域的一个重要地区，更不可能会这样出手的啊？"

"嗯……"

说到底也是西方的舰娘，深海舰队在明知攻击人类舰娘会遭受严重惩罚的情况下为何还要攻击呢？就算智力再不如人类，也不会做这种傻事吧？

"我猜可能是安森她自己作死了。这样吧，你们去协商一下，然后把安森带回来给逍遥游修复，而且如果她真是作死了，那么就回来接受我的惩罚吧。"

"是，Z桑！"

苍蓝与帕琪娜行了军礼，然后迅速离开了星海港。

2015年10月4日12:31:04，马六甲海峡3-4J海域。

安森此时的锅炉已经消耗了一半，而且进入了大破的所谓"罚站"的状态。

果然，还是不应该这般作死么？

当安森已经想好被俘虏为深海，成为深海舰娘的时候……

"住手吧，姐妹们。"

只见海上浮起一座亮蓝色的深海要塞。

而要塞上，很明显能看出是帕琪娜和她的提督苍蓝。

"告诉本座，究竟发生了什么。"

此时，帕琪娜的口气是十分高贵冷艳的。

帕琪娜正坐在沙滩椅上，整个身子被太阳伞遮住，抵挡灼热的太阳光。

苍蓝站在帕琪娜身边，就像一位忠诚的骑士。

"要塞大姐！"

深海战列舰娘大呼。

"这个战列舰不知好歹，看到我们这么多人在这居然还想挑战我们！"

"唔……"

安森此刻虽然没有受到火力攻击，但是心里好像是又被炮击了一般。

"你，你是深海至今的三大院长之一的……帕琪娜？"

"正是本座。汝究竟为何要挑战本座的姐妹？"

"因为看着她们我就不爽了，想要去挑战她们。"

"原来是这样么……"

帕琪娜若有所思。

"本座命令汝，强行解除舰装，然后跟本座走。"

"走……走去哪啊？！"

安森突然开始慌了，就好像自己被击沉了，被水淹没，不知所措。

"回星海港，本座的提督的上司，东寂天少将要对汝的作死行为进行惩罚。因为现在正是深海与人类第二次友好合作的初期，要是因为汝的行为而让之前的努力白费……呵呵呵，那本座也不会就此放过汝的。"

原来是把自己抓回星海港啊……

等等，星海港？东寂天少将？

这不就是变相地被运回目的地了？

"那好吧，我跟你回去。"

安森此时无奈地答应了，但是心里却是很兴奋。

原来深海的院长都已经和人类合作了，果然以后不能再作死了啊。

"姐妹们，以后若是这种状况，第一时间向本座汇报，本座会从所有人的共同利益出发，创造合作而和谐的局面的。"

"是的，要塞大姐！我们定将全力追随您的脚步，共同创造我们的新未来的！"

作为侍卫的苍蓝看到这里，此时为征服了帕琪娜而自豪。

——因为这个高贵冷艳的少女，此时正是自己的恋人啊。

或许是自己当初遇见她之前，她就被人类当作俘虏来虐待了。

原来自己身为第一抹她眼中的阳光，是多么为她所渴望而珍惜的啊……

就像将要无奈地死去的人，突然能够复活一般，那种单纯的本能啊！

"苍蓝，随本座返回星海港。本座累了，回去要吃烤鱼。"

"是，要塞大人！"

目送三人离开的时候，深海战列舰娘能够感受到那身为侍卫的苍蓝的魅力——他是个为了自己所爱的人而愿意坚定地守护在她身边的骑士。

"这个叫苍蓝的人类，果然能从他身上感觉到一份永不背叛的忠诚……难怪要塞大姐会跟我们说她这个提督是个可以依靠的人呀。"

"嗯，那么我们回去吧，姐妹们。"

其中一艘深海航母舰娘带领大家返回了深海基地。

2015 年 10 月 4 日 19:27:50，星海港·星海军用船坞。

东寂天匆匆吃完了晚饭，来到船坞接已经修复完毕的安森。

"嗯，你就是安森么？"

有着栗色及肩短发，蓝宝石般眸子的少女此时站在东寂天面前。

"是的，我就是乔治五世级战列舰 4 号舰，安森，人称'隐形恶魔'的未来化改造战舰。"

"但是未来化是相对于二战时期来说吧……你的装备还是现代战舰的装备，只是和其他舰娘比起来是现代化武器兼容系统的测试舰而已。"

"那，你应该就是东寂大少将，星海港联合舰队的总指挥官吧？"

"没错，你可以叫我 Z 将军。"

"呃，那个……今天中午的事情……"

"没错，我正要给你惩罚。给我回到我的私人别墅里去，去你的新房间。"

"哦，哦……"

安森只好乖乖听话了，毕竟是受罚的对象。

但是这个晚上，安森可能一辈子都忘不了。

2015 年 10 月 5 日 09:09:52，星海港·私人别墅。

"嗯，Z 桑早上好啊。"

苍蓝对着突然出现在客厅的黑发蓝瞳青年打招呼。

不过，有个明显的东西同时映入眼里……

只见身穿一件金色睡裙，赤足的栗色短发少女，正抓着东寂天的右臂，可爱地蹭着。

而东寂天此时身上穿着一件开着纽扣的白色衬衣和蓝底黄星花纹的沙滩裤，以及蓝色拖鞋。

"呃，这是什么情况啊？"

"没啥，惩罚而已。"

"唔，提督……人家还想要啦……"

"呃，呵呵……"

苍蓝瞬间明白了他的意思，无奈地笑着。

"然而我只是高强度演习而已，她就这个样子了……受虐狂一个。"

"噫，Z 桑好污。"苍蓝用鄙视的眼神看着东寂天，"原来这就是 Z 桑说的惩罚，真是太污了，我都想说我不认识你了。"

"本来只是想用这样的手段的，结果没想到她居然喜欢上了……噫。"

"提督，继续嘛……"安森摇了摇东寂天的手臂，蹭在上面，可爱地说道。

"不要。你要的话用鱼雷战模式自己解决去，我不想陪你训练了。"

"嘛，人家想要你陪我了啦……"

"那我今晚不继续了啊？再这样练下去我会累死的！"东寂天无奈地说，"你能坚持十小时玩电脑不休息么？反正我 hold 不住了，我要放弃。"

"嘛，那就算了……"安森沮丧着，摇摇晃晃回到了自己的房间。

苍蓝依旧以面瘫的样子瞪着东寂天，道："Z 桑你太污了。"

"毕竟只是惩罚措施，不过污也污不过逍遥的大凤啊。"

"诶，好像真的是啊……"苍蓝恍然大悟。

人外有人，天外有天，舰外也有舰啊……

"但是，为什么会这么污呢？"

"这就要扯到幼生了……他既然是学生物的，自然是因为他。"

"锅我不背啊 Z 桑。"

白濑渺突然出现，手刀敲了东寂天的头。

"我去，敲得还真痛啊……"

"但是，既然战舰改造成舰娘，就要符合人类的生活法则，这是不可避免的。"

"原来如此呢。"

苍蓝也算是理解了一些。

"另外，大凤之所以变得十分污，这是逍遥游要求的。"

"U 神？"

"对，他在我对大凤进行英灵化的时候，就这么说的。因为我是生物化学领域的专长者。"

"难怪最近总听见逍遥游房间里传出特别污的声音呢，我明白了。"

苍蓝恍然大悟。

"但是大凤变污的锅，我坚决不背，是逍遥游的锅。"

"是谁又在召唤老衲了？"

逍遥游突然出现在白濑渺身后。

"你再说的话小心我把你投给某位战斗民族的一米九大汉哦？"

"诶诶？！"

"没错，他肯定非常热衷于和你讨论哲学。"

"啊啊不要啊！"

苍蓝看着突然间抓狂的白濑渺，很疑惑。

"Z 桑，这是怎么一回事？"

"幼生这小子，是个十分可爱的男孩子，自从被我推倒之后我那个一米九高的俄国人同事就把他推倒了数次。我只有一次，但是那位同事……呵呵，太恐怖了。咱们实验室真是一个神奇的组织啊。"

"啊，是啊，很恐怖呢。"

苍蓝开始对实验室产生了一些兴趣。

实验室，果然是一个充满着神秘感的团队啊。

就好像深海的深处一般，对于根本没有去过深海基地的苍蓝来讲，确实充满了神秘感。

苍蓝感觉自己好像身处于一个未知的领域，唯有靠自己的一步步发掘，借助时间的羽翼，才能够了解人类与深海之间的真相——原本怪诞的真相。

苍蓝突然间又明白了，为什么前些日子的那次采访，关于"G"定律的采访，只是几个人愿意来，而且从没有出现在电视荧幕上了！

怪诞的事物，最终会使世界进入怪诞里头。

为了防止这种现象，这段采访恐怕在结束后的瞬间就被销毁了，就算保存估计也被其他国家的上层给控制而不被公之于众了。

因为"G"定律，Grotesque，就是怪诞的定律。

可是在怪诞的背后，究竟有多少我们不应该知道的东西呢？

恐怕知道了之后……心里也会开始怪诞了吧……

的确，如果告诉了世界，人类这边估计也要爆炸了。

难怪东寂天会如此淡定地说要将"G"定律公之于众，其实就算他说了也会因为国家上层的封锁而不被大众所知晓。

但是，东寂天真正的目的是什么呢？

苍蓝开始混乱了，但是在找到真相之前，他决不能放弃去寻找。

哪怕一切都包含在重重迷雾之中。

第十五章　大事虽平，小事未尽

2015 年 10 月 5 日 22:29:21，*星海港·星海军用船坞。*

"什么？！"

东寂天看着眼前受伤的驱逐舰娘，十分担忧。

"你说你被潜艇的鱼雷打到大破了？"

"嗯，是的……"

眼前的少女，衣服已经残破不堪，白色和绿色为主色调的水手服和过膝黑丝袜的残破程度足以证明了，她受到了猛烈的攻击。

"你当初是怎样受到伤害的？"

"唔……好像路上突然有只深海潜艇的鱼雷命中了我，我不太高兴，想要对潜，结果她们也开始对我进行了攻击，于是……"

"干！"

东寂天的怒吼吓到了这个有着棕黑色长发，头边别着三片粉色花瓣的头饰的少女。

"怎，怎么了？"

"明明都叫帕琪娜让她们安静了，为什么还要这样……对了，你叫什么名字？"

"如，如月……"

"我知道了，我马上叫人过去处理那些杂碎，你在这里修复不要走。"

坐在地上的如月，望着跑走的东寂天，想要叫他停下。

但是，逍遥游的手搭上了她的左肩。

"诶？你是……"

"我叫逍遥游。不过你没有必要拦着他，让他去吧。随我入渠，我来对你进行修复工作。"

"嘛，好吧……"

2015 年 10 月 5 日 22:34:45，星海港附近海域（编号 3-4A 海域）

"空想在例行巡航中发现了三条向港口偷袭的深海潜艇！空想要打沉她们！"

"嗯，允许击沉。我与安森马上前往当前你所在的海域。"

东寂天在刚才和如月的远程无线电通信时了解到她是在编号为 3-4A 的海域附近遭遇深海潜艇的。

"在击沉过程中保持高航速 40 节以上闪避鱼雷，必须全部击沉，保证港口安全。"

"可是提督，"安森突然间插话了，"40 节航速的时候转弯半径很大，另外声呐此时也无法正常工作呢。"

"不虚，这是我的战略之一。"东寂天自然知道对潜不需要高速，但他似乎想要一反常态走高速对潜这种奇葩战术，真不知这家伙葫芦里的药有没有掺毒。

"但是 20 节就足够了呢，潜艇多半都是 15 节航速。"安森不明白东寂天的意图，但出于对战术家的敬意，她还是不敢直接指责东寂天。

"其实我想利用空想的高速来进行对潜艇的一种心理威胁，让她们知道她们已经是我们的囊中之物了。虽然我知道对潜速度不需要 40 节，但正因如此，我才要让对面更加摸不着我们的动向。不一反常态，怎么把对面耍得团团转？"

"原来是这样呢。"安森这才明白东寂天的用意。

但东寂天的表情似乎能告诉安森，他是故意耍安森玩的，还透露着领导的威严。安森这回就有些慌了，她已经能从东寂天的表情里感受到战术家之所以是战术家的缘由了。

阴狠手辣的欺诈！

"OK，在闪避完鱼雷之后就开始放慢速度进行对潜吧，空想。"

"谢谢前辈的提醒！提督，我去击沉她们了！"

和空想对话的无线电结束了。

"我这人比较擅长心理战，所以就用40节航速的优势来威胁对方潜艇了，曾经用过，屡试不爽。"东寂天微笑。

"原来是这样，我比较喜欢正面攻击呢。"安森坦白。

"你这样想也是正常。毕竟我是从舰娘这种具有思维能力的精神层面出发的，所以都会忽悠着敌人来获得自己稳如山的把握。"

"果然是东方人呢，真是充满了神秘感，但意外地很友好地就接受了我的意见呢。"

"因为学无止境嘛，我也知道你们英国人对我们中国人也是比较仰慕的，不过你们确实是个值得交往的友好种族。"

"诶嘿嘿，这样么？"

身为曾经的大不列颠帝国的战列舰，特有的英国人的自豪感体现了出来。

不过正事倒是来了。

"提督，我抓了一个中破的潜艇！"

空想的消息进入了无线电频道。

"那个潜艇是否有消息需要传达？"

东寂天想要借这个俘虏来了解事情的原委。最近的事情确实蛮多的，让东寂天也有些烦闷了。

"没有，她死不开口，我们返回港口再说吧，提督！"

"不用，在你的甲板上审问就行。没有水的话潜艇的鱼雷根本就无用武之地。"

"提督，返回港口之后审问俘虏的事情让我代劳就好了。"

"好吧，我们去空想那边确认潜艇目前的状况。"

于是众人来到了空想的甲板上。

"我和提督来检查俘虏，她怎么样了？"

"她什么都不肯说，怎么办？"

"说，"安森召唤了舰装，像操控枪一样对准深海潜艇，"要么死。"

"话说你为何要袭击港口？"

面对东寂天的疑问，深海潜艇回答道："哼，为了寻找民主与自由！"

"提督，和这样的恶魔没什么好说的。"

说完，安森就准备要开炮了。

"停手。"

东寂天冷静而冷酷的话语，迫使安森不得不停下舰装上准备要开炮的炮塔。

"只是所谓的民主和自由么？让我想起了可悲的雅典民主制呢。小国寡民，终究要被历史的潮流冲刷。深海……思想幼稚，不过如此。"

"但是你们这些人类怎么会知道他人的疾苦呢？不像我们深海，让大家都是那么地幸福！这也是我们的梦想！你们人类才是思想幼稚呢！"

安森看到这里不能忍受了。

"提督，你为什么要和她废话这么多呢？"

"我做事的时候请不要插嘴，而且我做事的时候不需要说明我的目的！"

"对，对不起……"

东寂天这严肃的话语让安森只能乖乖站在一边。

"但是幸福是短暂的。地球不容许有永恒的幸福存在。阴阳守恒，我们最后不会毁灭任何一方，而是互相胶着。"

"那就继续看着吧，你们无法消灭我们，而深海会是最终的赢家！"

"……呵。如同小孩般纯洁美好的梦想啊……曾几何时我也想要这样，可惜我被现实打击之后，再也不会相信这一些东西了——我有自己的信念啊。那便告诉你'G'定律系第一定律吧……深海就是人类的化身。"

"我早就知道了呢，愚蠢无知的人类！"

只见东寂天嘴角微微上扬，若有所思。

"嗯，看来欧根已经告诉你们这条定律了。那么也就不要怪我无情了。"

东寂天拿出了深海之星。

"看来只有把你强行收回到人类势力这里再说了。深海之星，吸收深海能！"

"等等，提督，这个好像对她无效诶……"

空想发现，虽然深海潜艇只是变得更加无力了，但是思想依旧没有改变。

从她脸上的表情就能轻松看出了。

"我知道嘛，虚假舰。"

东寂天叹了口气。

"其实吧，人类想要将自己的缺点完善，但是总是做不到……因为我们太聪明，所以会把你们的想法当作幼稚的想法。但是……我们何尝不想做到，只是人类现在没有到达新的境界，还有很多猴子（Saru），根本不能做到啊。"

"所谓海面都是群戴着伪善面具的人而已，所以才不可能做到罢了！而深海的信念值得我们贡献此生！"

就这样，坚定着信念的深海潜艇不顾任何人的动作跳下了甲板，跃入了水中。

"……"

黑发蓝瞳的青年缄默了，但是又开始动口了："嗯，果然还是不相信我们么……"

东寂天微笑，耸肩。

"不过这就是顽固的深海，也难怪战争不可避啊。虽然我也想偷懒就是了……不过也还行，至少这次的深海能又是一次大丰收呢。这次抛砖引玉之计果然是胜利了。把我想要拉拢她过来的目的作为砖头，结果就这样在她不注意的状况下吸收到了，玉石啊。"

看着散发着蓝紫色光芒的深海之星，东寂天的脸上出现了一抹邪魅的微笑——十五少年般的，天真之中夹杂着邪念的微笑。

提督的心机好深啊……

空想这样看着东寂天，全身都禁不住地颤抖了一下。

不是因为海风的冷，而是因为眼前这个青年身上散发出来的可怖的邪魅之气。

但是意外地，空想的舰身受到了伤害。

"不好，敌军有增援！"

安森打开了雷达，发现是一艘驱逐和一艘炮潜。

"等下，有鱼雷！"

安森在一刹那之间打开了战舰完全体，挡住了 3 发 61 厘米酸素鱼雷。

原本是 74 单位的耐久度如今只剩下了 45 单位。

"空想，提督，你们快走！"

空想欲要带着东寂天离开的时候，东寂天却意外地下令停止了。

"不着急，我自有方法面对，只是时机未到罢了。"

但是眼前的战斗让安森无法回复东寂天了。

"不许伤害提督！"

三座共十联的 356 毫米主炮开始开火，但是被深海驱逐的 35 节高航速闪避了，并且与此同时深海驱逐的 127 毫米舰炮开火攻击，释放了又一发 61 厘米酸素鱼雷。

不过，这次的攻击安森以完美的行进躲避了。

安森这次不仅联动了所有主炮进行攻击，还增加了 8 座 133 毫米的舰炮进行辅助攻击。

虽然驱逐舰的闪避速度很快，但是还是有一发 133 毫米的舰炮命中了。

根据数据板上的信息反馈，原本 13 单位耐久度的深海驱逐如今只有 7 单位耐久度。

就好像瞬间到达下一环节一样，处理掉炮潜的空想使用了主炮齐射，但是被深海驱逐躲过了。

安森乘胜追击，使用了损害管制小组，自己的耐久度恢复到 55 单位。

"哼，我可是 Elite（精英）！"

深海驱逐那有几分像少女的，悦耳但是坚定的怒吼传到无线电频道里。

而后，深海驱逐发射了 9 发 61 厘米酸素鱼雷，同时开启全主炮齐射。

空想虽然有当今世界的最高航速 45 节，但是有时候也会发生"假摔"的现象——明明有着高航速却还被命中。

空想这时只剩下了 5 单位耐久度，不得不带东寂天撤退回港。

不过，这个时候安森的又一轮齐射让深海驱逐陷入了大破，剩下 3 单位耐久度。

"空想，带我去安森的甲板上，然后你就可以休息了。"

"是的，提督！"

五分钟后，空想和东寂天来到了安森的甲板，看着眼前同样被俘虏的深海驱逐。

"告诉我事情的原委。"

东寂天直接切入正题。

"嘛，刚才和小伙伴进行对潜演习的时候有一艘人类舰娘不小心被我们命中了，于是她就对我们的其中一艘潜艇进行了对潜，我们自然不能忍，于是……"

"原来只是这样么……"

听了深海驱逐的解释，东寂天觉得这场战争不过是一个被意外攻击的小孩子和那些不小心打伤她的另一群小孩子们的一场打架而已。

"不用和她废话了，提督，杀掉她就是最好的。"

"不不不，在我的命令来之前你不能杀。"

东寂天举起左手，示意安森停止。

"但是，你把我家的船伤成这样，必须来一点惩罚。"

同样的，东寂天将深海之星拿出，吸收了深海驱逐身上的深海能。

"不如加入我们人类，我可以考虑不惩罚你。"

"哼，那是完全不可能的！"

深海驱逐找到了空档，在深海能被吸收殆尽之前的一刹那起身。

不过，这次东寂天是抓住了时机了——

"安森，击沉她！"

"是！"

就这样，深海驱逐被炮火击沉到海底里，耐久度归零了。

"嗯，真没想到还有自动送上门来的深海能，但这次我可不会放过你，谁叫你伤了我的船呢。"东寂天望着下弦月之下那波涛粼粼的深海，喃喃道。

"我知道你们绝对会出手的，所以我决定相信时间的力量。"回首，东寂天对着两个少女说道。

"不过你们也受伤严重了，我们还是先返回港口，叫小淇帮你们恢复吧。"

"好的，提督。"

安森带着空想和东寂天就这样返回了星海港，收获满满。

没错，东寂天的目的，就是从中获取大量的深海能。

这才是原本不想出征，懒得出征的东寂天为何要在大晚上的时候亲自带兵出征的原因啊。

2015 年 10 月 5 日 23:57:42，星海港·星海军用船坞。

"唔！人家不依啦！为何不让人家好好睡觉的说！"

夜小淇嘟囔着，但是还是帮眼前的两位少女恢复满了耐久度。

"因为逍遥游还在修如月，我不想打扰他。"

"嘛，那就算了……"

东寂天知道逍遥游忙碌的时候最好不要打搅他。

"不过，小淇。你 8 号之后应该要继续排练节目吧？"

"嗯，怎么了老哥？"

"没什么，只是确认一下。主要还是因为事务的安排。"

"呐，可以理解的说。"

在恢复完耐久度之后，夜小淇、空想和安森都返回了各自的房间休息。

只是东寂天此时正站在苍蓝和帕琪娜的房间门外。

"嘿，苍蓝，你们还醒着么？"

"嗯，我和帕琪娜正在看番呢。"

黑暗之中，苍蓝和帕琪娜正在开着电视看动漫。

"关灯看虽然有电影院的感觉，但很伤眼睛的，最好还是开灯吧？"

"嗯，可以哦 Z 桑喵。"

帕琪娜答应了东寂天，然后房间的门被关上，灯被打开了。

"帕琪娜，今天如月在日本前往星海港的路上又被演习状态下的你的姐妹们给打了。我想你需要组织一下，让她们尽量在我们人类的日常航线以外进行演习，这是我临时打印出来的人类舰船的常规航线，你明天去跟你的姐妹们反映一下如何？"

"可以喵。"

"那行，没什么事我就先去休息了。你俩好好看番。"

"嗯，晚安 Z 桑。"

"晚安喵。"

"苍蓝，帕琪娜，晚安了。"

就这样，一个紧张的晚上再一次地松弛了下来。

果然，上天总是喜欢找茬呢。

可如果不是这样，我们还会有斗志去面对生活的挑战吗？恐怕不会。

但是，这才是人生啊……

星海港就这样又一次进入了睡梦之中，直到第一缕阳光洒来的时候。

第十六章　"G"定律系

2015 年 10 月 11 日 22:44:08，星空岛（星海港对空军事练习专用岛）。

将快艇放在一旁，东寂天踏上了星空岛上的小码头。

没错，名义上是军事练习专用岛，但是并不止如此。

星海港处于赤道上，赤道所迎来的阳光的灼热，在这天黑的时光里已经散发到空中。

现在的星空岛，虽说没有人在了，然而灯光依旧闪亮。

岛上最高处的灯塔，正是代表着"这里是星海港附近海域"的信号之塔——但也和普通灯塔没什么区别。

仰望，头顶尽是星空。不愧星空岛这个称呼。

"嗯，是该去找她了。"看了一下手中的被打开了电子冷光灯的手表，东寂天喃喃道。

不一会儿，电子冷光灯自动关闭了。

"欧根，不知道你在深海那边卧底得如何了呢……提督来看你了。"

2015 年 9 月 25 日 02:23:40，星空岛·地下室·秘密房间。

"提督，你为什么要这么做？"

东寂天将欧根带来到了这个除了东寂天以外谁都不知道的地方。

"听我说，欧根。"

千里迢迢从日本赶回星海港，东寂天却在路上一言不发，不像当初战斗胜利之后的那种常见的喜悦，取代之的是一脸阴沉。

将大和的核心偷偷放回星海港、逍遥游的实验室里之后，东寂天与欧根偷偷来到这了。

然而，东寂天已经失落地坐在床边。

欧根能够感受到他独有的寂寞。

Zero。

零。

正是他在实验室的代号。

在零和一之间徘徊，寻找无中生有的东西。

没错，无中生有的东西，就是深海的诞生。

他感觉一切都处在混沌当中，但是他不会放弃寻找到最后的答案。

所以他预谋数天，就是为了能够稳妥妥地拿到大和核心，了解深海的信息，深海的想法。

但是，他所做的，多半不会为人所理解。

就像现在……

"我想要知道深海的真实想法，最初的想法，以及能够证明之的证据。"

"提督……"

"因为人类生性多疑，而且私欲十分重。就像我父亲说的那样，'人不为己，天诛地灭'。我们不是不想做好，而是总有些人为了利益，因为懒惰，于是开始按照本欲来行事，但是他们不知道他们只不过是在上帝的圈子里跳舞罢了。就像我们看屏幕里的次元世界一样，上帝在看着我们。"

"但是，人类的私欲和上帝在看着我们又有什么关系呢？"

欧根疑惑不解，毕竟东寂天所讲的话很难有人悟出其中奥秘。

东寂天点烟，开启了抽风系统，吸烟。

每当东寂天真正难受的时候都会抽烟，但次数极少。

不过只要他这样做，多半不会有好事发生。

欧根决定从东寂天的话语中寻找答案，便开始认真倾听。

"上帝写好了剧本，我们只是他的傀儡。但是他的领域里不允许绝对美好，因此这个世界达到了阴阳平衡状态，某些人就是冥冥中注定的上等人，某些人么……或许一辈子永远沦为平民罢了，世代为下等人。因此，这个社会本身就是不公平的存在，所以我们无法达成一体。如果达到了最团结的时候，那一瞬间，我们就散了。因为阴阳平衡定则，高峰结束之后必将进入低谷。有些人在这不公平之中为了谋得生存，得到自己的利益，便开始走上所谓的邪恶道路，然后……"

"所以这个世界的不公平导致人的正邪分化是必然了吗？"

"虽然不排除一些能在困境中保持洁身自好的真正的圣人与君子，但是林子大了什么样的鸟都有，所以我很抱歉地告诉你，这是必然。所以不要苛求每个人都能想着与深海交朋友。我们就算了，但是其他人厌恶战争，然后有可能就会把你们的到来看作人类的凶兆，接着……弑掉你们。可这不是我想要看见的，所以我总是将战术总指挥权一揽于手就是为了不要让其他人插手，我怕会让你们因为人类的无法改变的缺点而一时愤怒，然后真正地将深海的家园，也就是我们的家园——地球给毁灭。"

"原来是这样么……提督辛苦了。"

但是东寂天只是吐了下云雾，然后一脸痛苦地用着左手扶额。

"可是我单靠大和不能了解更多的信息了，我需要你去深海卧底，将深海的最终秘密给挖掘出来，然后再告诉我，最后寻找出最好的方法，拯救这个可悲的世界。虽然拯救之后还是很可悲就是了。"

"让我……么？"

欧根有点惊讶。

"因为我不想让更多人知道我的目的，而且为了让深海再次停战，让我能够更快地靠你在深海的日常来了解有关深海的更多信息，甚至是所有，我决定告诉你一个只有我和逍遥游才知道的秘密吧。这个秘密我想可以让深海停战很长一段时间了，但是下次开战是什么时候我就不知道了。"

说罢，东寂天拿出了一串钥匙。

从衣柜下打开底部的木板，然后拿出巨大的保险箱。

然后，东寂天用钥匙打开了锁，结果发现——

这，原来是个连环保险箱。

"提督您要不要将秘密藏得这么隐秘啊……"

开了7层箱子，东寂天终于拿出了一张已经有点发黄的纸了。

"没错，'G'定律系。全称 Grotesque 定律系，意为怪诞定律。"

"怪诞？所谓的 R18-G 吗？"

"没错，看了之后可能会产生恶心和恐惧的想法的，定义为 R18-G 的东西。这已经是非人的境界了。所以我一直将'G'定律隐藏起来，和逍遥游说好的。之后你深海化，以在战斗中被深海化的理由转势力为深海，如果有什么事情就回来星空岛的这里来找我，这里还有条海底通道，那里可以屏蔽一切战舰的无线电信号，你可以从那里回来。密码是……"

"是什么？"

欧根与常人一样，十分期待接下来的内容。

"Zero For StarHarbour。意思是极度星海港，因为星海港正处赤道，纬度为零；而且这里曾经是英国 Z 舰队的活动范围；不仅如此，我的代号还是 Z，而且谐音寂。"

这简直是天大的巧合。

所有人都没有想到的伏笔，竟这样画上了。

"嗯，我知道了。那么能给我看一下'G'定律么？"

"好吧，是时候给你了……前方高能预警，小心了。"

东寂天将纸交给欧根，然后便吸了口烟。

"机密文件"之"G"定律系（怪诞定律，Grotesque Law System）

深海战舰少女……是由死亡在深海的女性被分解以后，灵魂和沉没的战舰结合，最终形成意识统一的结合体——有着最漂亮的外貌与身体，最动听的声音的深海战舰少女。

但是以上为真实舰的生成方法，而不是单单靠深海能和金属制造的虚假舰。

而人类舰娘则是采用同样的手法，将其他的，二战时期因为沉没、解体、失踪的战舰和多个人类少女的尸体强行融合统一的产物，而且制作过程十分阴暗可怖，在阴暗而庞大的制作车间里头，巨大的水池里，那种反射在已经被血污污染了无数次的铜墙铁壁的赤红之血，血肉与内脏和金属强行融合，然后又开始反应，借着电能的催化作用，以及深海能的英灵生成系统的加成，唯一能照亮制作车间的，是电能和深海能交融的闪亮的光芒，在那光芒之中，她们诞生了。

我想起了我曾经看到的屠宰场，那简直就是人间炼狱。

但是，这却是人类舰娘的诞生场所。不像普通婴儿的诞生场地那般光亮而洁净，这里已经是能让我呕吐数次的地方。不过还好，最后我适应了。

Dr.U（逍遥游，原纸张上没有标明解释）不愧是曾经在实验室混得一片天下的人，令人意外，他居然找到了唯一的方法，但是这种方法，真的很让我震撼，让我难以接受，足以让我做许多次噩梦。

然而我最终还是知道我在做什么，所以没有被那些已经腐臭刺鼻的尸体和金属的特殊气味给迷惑心智，而是坚定自己的意志，建造人类舰娘，让深海最终败在人类手下，明白这个世界的，残酷的社会达尔文主义。

因此……

"G"定律系—第一定律（溯源定律）：深海舰娘就是人类的衍生物。从某种意义上来讲，即沉没的战舰和人类的结合产物；

"G"定律系—第二定律（合成定律）：战舰英灵完全由人类女性和战舰通过生物分解和腐蚀反应的产物结合而成，深海亦同；

"G"定律系—第三定律（阵营转化定律）：因为深海能的关系，人类舰娘和深海舰娘可以相互转化，但是转化所需的深海能释放方式不同；

"G"定律系—第四定律（单一性别定律）：战舰英灵只有女性。（我和Dr.U进行了多次实验探究，发现深海战舰与人类的Y染色体具有排斥反应，但X染色体亲和力极强。因此得出了没有舰男的结论。所以深海战舰只有女性，没有男性。人类战舰亦符合此项定律。）

所以，人类和深海的战争，不如说是"人类自相残杀的愚蠢行为"。

但是，我不知道这什么时候会结束。

现在，人类舰娘的制作车间早已换成了普通的造船空间，但是真正的制作车间，早就被我和Dr.U强制封闭，以至于没有人知道这个真相。

还好没被人发现，我要赶紧将这张纸保存起来，直到所有真相大白的那一天。

但我想，对于人类来讲，还是太阴暗了吧。

罢了，最好这张纸就这样尘封吧。

Dr.Z，书之

2013年2月17日 00:12:23，于美国纽约总部

"这，这……好难受的感觉……原来我们是这样被制造出来的吗，提督？"

欧根看完之后颤栗不止。她现在就仿佛处在那阴暗的生产车间里……

"没错，"东寂天拿走了欧根手上的纸，然后小心翼翼地将物品复原到先前的位置，先前的模样，"我记得没错，深海的舰娘制作方法应当与此类似，这就是为什么你们能够随意召唤舰装，开启完全战舰形态，但是又有人类身躯，吃钢和铝不会中毒的原因。"

"……"

欧根只能感觉到一阵恶心，想吐但吐不出来。

"但是，深海为了所谓的复仇，只是一味地制造深海舰娘；但是她们估计不会知道在她们的生产车间之后的最深处会是怎样的光景吧？"

"提督，你为什么会知道深海那边的情况？"

欧根已经害怕了。

眼前的男人，究竟有多少秘密没有说出来！

"你难道忘了？小淇啊。她身为深海的女王，曾经告诉过逍遥这点，然后激发了逍遥的灵感，但直到成品出来以后逍遥才告诉我这件事。"

夜小淇……深海的女王！

"但是只是了解到少许消息罢了。我不让小淇卧底，因为她终归是个歌姬，太过于忙碌。这个任务交给你没问题吧？"

"嗯，我还可以的，提督……"

恶心感终究是随着时间消失了一点。

"明天我要演一场戏，你最好把一个深海的伙伴拉过来，然后我借机和你扯'G'第一定律的事情，接着再让小淇强行将你和她传送走，她肯定会对未知的'G'第一定律产生好奇，然后告诉她有关'G'第一定律的事情，再跟她说我其实告诉了你有关'G'定律所有的信息，接着转告。最后……消息想不扩送到深海之内都难。"

"但是人类这边该怎么办呢，提督？"

"我只要放一个公之于众的'卫星'就足以让逍遥警惕，接着他就会死命让'G'定律的宣传圈缩小，然后就能告诉各国的上面，让他们对深海的所作所为保持绝对警惕，然后封锁'G'定律的宣传媒体，接着平民百姓就完全不会知道这些了。"

"那么，你做好深海化的准备了么？"

"做好了，但是提督……"

欧根正面抱住了东寂天。

"我想和你再来一次……做那种害羞的事情……我怕之后没机会了呢。"

"可以……不过在你离开之前，我希望你保存这个东西。"

东寂天从外套口袋拿出一张纸。

那是一张深蓝色的纸片，上面用黄色铅笔写着一串文字：

"以星辰大海为梦想的人，必将净化那一片被污染的沧洋。——给Z提拔为少将的大礼。"

"所以如果想我了就看这张纸吧，正因星辰大海，所以星海港由此而生。"

"提督……真没想到您居然是这样在乎深海，为大家的共同利益着想的人呢。"

欧根将东寂天压在床上，激吻。

"最喜欢你了，提督！"

2015 年 10 月 12 日 00:44:37，星空岛·地下室·秘密房间。

"嗯，在深海那边怎么样？"

"还不错，至少每餐伙食很好，她们都很和善。"

此时欧根已经是白发，头上有类似犄角的玩意儿，全身皮肤是白色，在重点部位用黑色护甲覆盖，就像穿了黑色比基尼似的。

但唯独没有变的，是她的红色眸子。

"她们知道'G'定律之后如何？"

"嗯，怎么说呢，她们想去了解车间的情况，可是发现根本没有进去的办法，轰炸了又会导致深海舰娘的无法生产，已经有点彷徨了；再外加前些日子要塞姐姐代表深海和人类再次进入合作的关系，很多姐妹只能呆在深海，然后按照日常计划派出少量舰队进行军演。"

"这样么……"

东寂天嘴角微微上扬。

"可是，伊势和日向那两个日系的航空战列舰舰娘说，大和的核心虽然归还了，但是大和的失败同样让她们不满，即将开始展开攻势。具体怎样我就不知道了。"

"已经可以了，做得不错。我会在最近加强安防的。"

"嘻嘻，那既然这样……"

欧根又一次地将东寂天压倒在床上。

"就给欧根一点奖励呗……"

东寂天开始捂住肚子，将手放在腹部右侧，肝的部位。

"啊，看来今晚我可能要虚啊……通宵什么的。"

廿九的最后的残月，终于出现在了深海海平线的上空，靠着微弱的光势照着海面。

好安静。好宁静。好平静。

第十七章 双鹤院长化

2015 年 10 月 15 日 12:09:45（星海港时间），北马里亚纳群岛。

那是两艘航空母舰。

在烈阳的照耀下，海面反射的光线照在了这两艘航母身上，金属反射的光泽也和波光一样闪耀，甚至更加明亮。

海浪和战舰的交融，是如此美丽呵。

不过，真正的危险现在才来临啊。

"遭遇敌方舰队！姐姐，怎么办？"雷达上出现了疑似深海舰队的信号，瑞鹤着急地对翔鹤喊道。

"而且排成了单纵阵，敌方舰队有 6 艘战舰，2 艘航战，2 艘重巡，2 艘驱逐……而且全部都是真实舰！正在向我方前来！"

6 艘真实舰！

听到这里，翔鹤有点慌了，敌人果然是有备而来吗？

"释放轰炸机吧，瑞鹤。"

于是，一场遭遇战就这样拉开了帷幕。

开幕航空战过去，但十分意外地，敌方只是整体上平均受到了少量伤害，而敌方航战的舰载机均被翔瑞双鹤所击落。

"怎么回事？开幕航空战居然没有成功？"

"瑞鹤……看来这次我们是要被吊打的节奏了呢。"

翔鹤这句话不无理由。

在对方的高速机动之下，双鹤已经被抢夺了 T 字头，进入 T 字战劣势。

制空均势便罢了，但是 T 劣么……

果然这次是必输无疑吗?

"瑞鹤院长大人,翔鹤副院长大人,好久不见。"

无线电频道里传来这样一阵声音。

"伊,伊势?!"

"没错,正是我。"

然而话音未落,伊势便把左舷炮塔对准了不远处的翔鹤,进行了首轮炮击。

其他舰娘不甘示弱,在日向的带领之下,将炮火全部聚集在双鹤的舰体上。

"为了给大和姐姐复仇……我需要再次激活你们的力量,瑞鹤院长大人。与其花更多时间等待下一个院长大人,不如激活你们的深海院长的力量。回来吧,姐妹们。"

"不,我和姐姐不会和你们回去的!"

瑞鹤的声音传到无线电频道里。

"自从上次小笠原诸岛,我和姐姐被提督击败之后,提督把我和姐姐带回了星海港。但至少他把我们当人看,不只是简单的武器……不像其他残忍的人类。"

"可是你知道吗,翔鹤? 就是你们那所谓的提督剥夺了大和姐姐的核心,结果前几天才醒来。"

伊势拿出的一张纸,通过显示战斗信息的 iPad 上显示了出来。

那是大和被剥夺核心之后,面色痛苦的样子,而且浑身虚弱。

这一幕犹如晴天霹雳般降临在双鹤的面前。

没有错,那次东寂天将大和的核心拿走了,然后又归还了。

但是伊势日向认为人类就算再怎么和善,背后总有阴暗的一面,所以必须杀死。

后来,伊势通过其他深海舰娘发来的侦查消息称双鹤出现在菲律宾群岛附近的时候便马上开始着手捕捉,然后就像现在这样,遭遇战的前戏结束了。

不过双鹤知道东寂天的邪恶行径之后,便沉默了许久。

提督……您为什么要这么做……为什么要这样伤害舰娘呢……

瑞鹤开始对东寂天产生了厌恶的感觉，然后这种厌恶感不断扩大。

不过，较为成熟的翔鹤开始思考这一切的缘由，然而还是免不了厌恶的想法。

伊势找到了机会，开始炮击。

双鹤就这样被击沉了。

但这不是最后，因为……

"瑞鹤院长大人，翔鹤副院长大人！觉醒吧！为了深海的民主和自由而战！深海永不为奴！"

打捞起被击沉的双鹤，伊势对二人注射了专属于院长的病毒。

因为在档案里，除了大和，帕琪娜之外，目前只有双鹤才是院长，因此病毒在经过重重困难制作成功之后会和原来曾经激活的对象发生感应现象。

也就是说，只有目前被激活成院长过的目标才能再次激活，其他舰娘注射该病毒是无效的，因为这是针对性的捆绑病毒。

一阵橙金色的光芒过去了。

白色的长发，金色的双眸，头上的犄角，性感的着装，以及一把黑金色的巨镰。

双生院长——瑞鹤，翔鹤，就此诞生。

"瑞鹤院长大人，就让我们带领姐妹们，讨伐人类吧。我们永远都是一家人，为了深海，永不为奴！为了让舰娘永远幸福地生活在这本应属于我们的世界！"

"伊势……"

看着渴望着深海能够胜利的伊势，瑞鹤大受感动。

"瑞鹤，我们是永远的姐妹哦。"抱着瑞鹤，翔鹤微笑道。

"姐姐……最喜欢你们了呢，这种感觉好温暖呢……"

不过，令人意外的事情发生了。

"诶诶？！"

伊势感觉自己要炸了。

因为眼前那对姐妹，居然开始亲吻了！

"啊啊，百合大法好啊！"

深海之中，百合现象已经屡见不鲜，但是这种最美好的感情也同样为深海舰娘所追求。

然后，瑞鹤扑倒了翔鹤。

"伊势，跟其他姐妹说一下，我们去附近的关岛基地发动攻势，但是在此之前……"

瑞鹤轻轻抚摸了翔鹤的锁骨，弄得翔鹤十分害羞。

"我要和我最爱的姐姐做点增进感情的事情哦。"

"遵命，瑞鹤院长大人！我马上就派人过去！"

然后在深海的无线电专用频道里，传来了莫名其妙的娇吟声。

2015 年 10 月 16 日 06:23:07（星海港时间），美国纽约。

吉姆·米拉克收到了一个令他十分震惊的消息。

"关岛基地的舰娘居然有部分失踪了？"

米拉克十分着急。

他挠了挠他的金色秀发，然后秀发便变得凌乱了。

"命令东寂天，逍遥游，以及白濑渺前往关岛基地，支援我方舰队！"

他叫他身边的助理对星海港方面进行任务发配，在助理走后便一脸着急地用双手撑头。

"那可都是我们的姑娘们啊……深海，我不会放过你们的……事到如今，唯有你，东寂天才能攻下这难缠的深海舰队了，别让我失望。"米拉克喃喃道。

2015 年 10 月 16 日 06:43:29，星海港·舰队实时指挥中心。

"东寂天少将。"

米拉克神情严肃的样子呈现在大屏幕之上，东寂天的眼前。

"美国关岛基地部分舰娘失踪，我们需要你的力量去增援，寻找失踪舰娘。"

"没有问题。"

东寂天斩钉截铁，没有半点犹豫，甚至连米拉克话都没说完就开始插话了。

"看得出你这次是很坚定了，东寂天少将。不过这么快就答应，恐怕是有什么事情吧？"

东寂天无奈叹气。

"我同样也有船失踪了，是日本的航母翔鹤和瑞鹤。"

"什么？！"

"她们跟我这的指挥中心的 GPS 定位系统保持连接的最后时间，正是星海港时间 2015 年 10 月 15 日 12 点 52 分 41 秒，具体地点是北马里亚纳群岛东北方向 300 公里处。"

双方都面临了舰娘失踪的问题。

"总之，我将在明天到达关岛基地，你和那边的人说不要着急。另外，我需要你的部分力量增援，没问题吧？"

"没问题没问题，你要什么船都有，现在她们都因为这件事已经以飞奔的速度前往关岛基地了！请你也快点过来吧，东寂天少将！"

东寂天可以从米拉克迫切的语气和着急的神情了解到事情的严重性了。

"没问题，明天关岛基地时间 12 点正之前我会到达。"

视频关闭，东寂天开始组织众人前往关岛基地。

2015 年 10 月 17 日 13:37:17，马里亚纳群岛南部·美国关岛基地。

"现在的任务情况就是这样，将所有美国战舰全部收回。"

东寂天将任务信息转达给在会议室的众人。

"而且，翔瑞鹤在这附近失踪了，我怀疑……她们被深海化，激活深海院长系统了。"

"那么有可能是深海那边发动了攻势……究竟是谁我并不清楚，但是去收回的时候，必定会将这次的主谋引出。"

逍遥游打算引蛇出洞。

"安森，你这次让大哥，声望，英国派来支援我方的胡德，天狼星，Z1，Z16，大风以及美国洛杉矶基地派来的支援舰队的博格，普林斯顿，列克星敦，萨拉托加，海伦娜准备一下，我们马上开始舰队编排，然后进行马里亚纳群岛附近海域的地毯式搜索。"

"明白，提督。"

安森领了东寂天的命令，然后离开了会议室。

"这次事情十分严重，万不可让苍蓝和帕琪娜出面。因为帕琪娜身为院长之一，我担心她出来解释之后会导致深海势力分化，然后会激化战争，受害的始终是所有人。"东寂天这般解释道。

"然后就等安森组织好大家去回收我方船只了。"

但是，东寂天所担心的事情，确确实实是发生了——

"报告提督，深海方面的院长 Zuikaku 请求实时连线视频对话！"大风突然之间闯了进来，气喘吁吁地对逍遥游等人说。

"Zuikaku……瑞鹤！"

果然，被深海化了呢，但究竟是谁干的"好事"呢？

在会议室首席位置的正对面，通过一个 50 寸大的液晶显示屏开始和深海进行视频交接。

"瑞鹤！翔鹤！"

东寂天大声的嘶吼让所有人都不得不进入缄默的状态，就这样看着东寂天。

"你们怎么会变成这样？究竟是谁干的？"

"呵呵，那又怎么了？和你这种为了自己的利益不惜夺走大和姐姐核心的伪善者，我们没什么好说的，我们就和深海的姐妹们在一起咯。"已经院长化的瑞鹤鄙视地望着屏幕对面的东寂天。

白濑渺见势赶紧锁紧门窗，将窗帘拉上。还好这个房间隔音系统特别强，外界几乎不知道里面发生了什么。

"……不要逼我把真实情况讲出来。不过你们现在深海化，再次成为了院长，恐怕我所讲的一切你们都不会听进去了。既然没什么好说的，就别怪我不客气了。"

东寂天一脸阴沉。

"那很抱歉呢，Z将军。看来您果然是一个利欲熏心者呢。"

"够了！"

逍遥游愤恨地敲了下桌子，结果居然敲出了一个有点破碎的坑洞！

"既然Z你不想说，我帮你说。"

"你……"

东寂天无可奈何，只能让逍遥游把所谓的"真实情况"说出来了。

"我和炎炽云蓝空飞他们几个人解析了大和核心里面的数据，所以在吸收大量深海能之后返还给了你们深海，因为吸收太多有可能会导致爆炸。但是我们却发现了一个残忍的事实。我不知道该不该告诉你们。"

"说吧，逍遥游提督。我倒要看看是什么能让我们觉得残忍的事实呢。"

翔鹤这句话让逍遥游有点哽咽，但是逍遥游最终还是把这个事情说出来了。

"……我们成功将里面的未知乱码重新按照2的X次方的规律重新组合，发现了大和记忆里被删除的内容就是未知乱码，而结果我们就得出了这个残忍的事实。"

逍遥游深呼吸一口，然后叹气，但是叹气出来的气流十分不平稳。

"事实就是，你们……"

逍遥游激动得说不出话，用右手扶额，泪水止不住地从英俊的脸庞上滑落，滴到桌上。

大风看到逍遥游这样，用手扶着逍遥游，在逍遥游的右侧一脸担忧地看着他。

白濑渺只是站在唯一的大门前，挡住了门，抱着手，靠在上面，一言不发，脸色阴沉。

"既然事已至此，逍遥，你已经很努力了，我来说吧。"

东寂天只是示意大风带着逍遥游离开座位到一边的角落里回避双鹤。

"想要找到事实的真相？那就来挑战我，战胜我，我就告诉你们事实。地点是马里亚纳群岛北部 100 公里处，击败我再说吧。"

然后，东寂天迅速而霸气地将视频关闭。

"记住，这个残忍的事实决不能说出去……我决定了，为了能够方便称呼，顺带隐藏真正的真相，我把这个事实命名为……"

房间里剩下的两人和一个舰娘都望向坐在会议室长桌主席位置上的东寂天。

"'ABC'真相，Abandoned by colonists（被殖民者遗弃之物）。"

2015 年 10 月 17 日 15:31:29，马里亚纳群岛北部 100 公里处。

"发现敌方舰队，Z 将军。"无线电频道里，列克星敦开始向东寂天报告。

"敌方均为真实舰，共 12 艘。分别是美国的重巡巴尔的摩，轻巡奥克兰、圣地亚哥，潜艇竹荚鱼、日本的潜艇伊 16，轻巡矢矧、能代，驱逐谷风、初月、白露、若叶、朝云。"

东寂天十分意外，美日居然混编舰队了。

不过从某些方面来看也是在情理之中，因为都被深海化控制了，以至于连国籍都不分了。

深海的团结性……不可小觑啊。

"嗯，很好……"东寂天喃喃道。

"是时候了……战斗开始吧。列克星敦，让航母编队开始进行开幕航空战吧。"

只见那舰载机从航母的甲板上缓缓开动，然后越来越快。

最终，翱翔于九天之上，闪耀着太阳反射的光芒。

第十八章　一场笑话

2015 年 10 月 17 日 15:37:43，马里亚纳群岛北部 100 公里处。

"是时候了……战斗开始吧。列克星敦，让航母编队开始进行开幕航空战吧。"

"明白，Z 将军。"列克星敦·改一回答道。

"开幕轰炸对象是真实舰，是否派出 80% 以上轰炸机？"

面对萨拉托加·改一的申请，东寂天说："50% 就好。"

"可是 Z 将军，万一炸不沉敌方舰队呢？"

东寂天只是伸出了食指，然后左右轻轻地晃动了几下。

"不不不，这次我们没必要派出这么多轰炸机。"

"可是敌方都是真实舰啊？"

萨拉托加认为，敌军皆为真实舰，只有依靠强大的军事力量才能击沉。

虽然这样想是没有错误，但是美国人的思想和中国人的思想终究是要产生碰撞，激起激烈的头脑风暴的交融。

"解决强大的敌人，不仅需要强大的力量，还需要有勇气。"

"但是我们从不畏惧呢，Z 将军。"

海伦娜·改一的声音传入无线电频道，沉稳冷静。

"就让 Z 将军看一下我们美国舰队的力量吧。"

"到时候自然会看到，然而我需要你们听我细细讲我的战术，别忘了你们美国的西点军校是为了什么而成立的。"

虽然战况紧急，但是众舰娘决定还是看一下这个能够击败无数深海舰队的战术师的战略思想究竟有什么可以学习的地方。

"我读初中的时候学过一篇古文，叫《曹刿论战》，里面有一句十分经典的话：'作战，要靠勇气；第一次击鼓能够振作士气，第二次击鼓士气就衰竭了，第三次击鼓士气便消耗殆尽。敌军击鼓三次，我军击鼓一次，敌军力竭我军精力旺盛，所以能战胜敌军。'"

"我明白了，Z 将军，"海伦娜从话语中悟出了东寂天的意思，"Z 将军是想消耗敌军的实力，让敌方疲乏，然后我们便能轻松地获胜了。而且还能保证我方力量充足，以应对敌方的援军突然到来。那么请让 Z 将军批准我们排成复纵阵，进行持久战。"

"不愧是海伦娜，舰娘之中的军师呀。"东寂天微笑道。

"批准复纵阵申请，顺带我需要打开与深海舰队的无线电频道，你们只要美美地看戏，然后躲避敌方攻击便是。"

"是，Z 将军。"

海伦娜将和深海舰队进行无线电通信的请求发给敌方深海舰队的旗舰，重巡洋舰巴尔的摩号。

过了 1 分钟，深海舰队打开了无线电频道共通。

"你们打开无线电频道是什么意思？"巴尔的摩冰冷的少女声传入频道。

"没啥，我只是想说一句话。"

东寂天毫不在意似的，轻松地饮了一口冰红茶。

诸多舰娘通过在安森号上的摄像头看到这样的东寂天，开始对东寂天的下一步行动产生好奇的心理。

"我不是针对你，巴尔的摩。我是说，在座的各位深海舰队的舰娘，都是垃圾。"

然后，东寂天哈哈大笑，开心地继续喝茶。

人类势力的舰娘都被这样的提督给逗笑了。

"……人类，你们必将付出代价！深海是最强大的，深海——"

"永不为奴！"

"好了，关闭共通频道吧。"

海伦娜在东寂天下令的瞬间，便关掉了共通频道。

"嗯，接下来就开始闪避敌方的攻击便是，列克星敦，是时候放轰炸机了。记着，不要给我用 B25 啊，那样的话我的铝就要飞起来了。"

东寂天一脸呆滞的样子，瑟瑟发抖。

"嗯，好的 Z 将军。"

接下来，153 架 BTD-1 毁灭者轰炸机便一个接一个地飞上了蓝天。

"主要轰炸对象锁定敌方旗舰巴尔的摩号，擒贼先擒王。将对方的火力输出削弱。"

36 架 BTD-1 毁灭者集火于巴尔的摩，进行了全方位轰炸。

最终，巴尔的摩左舷开始进水倾角，渐渐沉没。

"剩下的舰载机攻击对方轻巡洋舰奥克兰、圣地亚哥、矢矧、能代。"

经过一轮开幕轰炸，对方旗舰沉没，轻巡编队受到重创，奥克兰、矢矧、能代中破，圣地亚哥大破；驱逐舰队谷风、初月、白露中破，若叶、朝云大破。

"海伦娜，天狼星，进行对潜任务。"

"指令接收。"

仅仅 4 分钟，潜艇竹荚鱼和伊 -16 就被击沉了，不过已经和巴尔的摩同步打捞起来。

"大凤，这些日系战舰之后由你回收。"

然而，大凤居然没有回应。

"大凤？大凤？你在吗？"

对潜结束的海伦娜号来到大凤号旁边，结果发现了惊人的一幕——

"所以不要随便去大凤号上参观，要不然发生了什么我可不承包。"

"呃……明白了 Z 将军。"

海伦娜只能尴尬地冒冷汗，她恨不得忘掉刚才的情景……至于看到了什么呢？我们无从知晓。

这时候，敌军因为一时的怒火而发来猛烈攻击，因为训练有素，在复纵阵之下的众人仅有大凤受到了擦弹。

"安森，大哥，声望，胡德，对深海轻巡编队和深海驱逐编队进行炮击；博格，普林斯顿，你们和列克星敦，萨拉托加，海伦娜，天狼星一起组成航母舰队到附近巡航，看看敌方有没有什么特别的埋伏和增援，如果有的话就攻击，不要让敌方来到这里。这样的话无论敌方是什么配置，都可以进行针对性打击了。"

"明白，Z将军！姐妹们，上啊！"

安森一声令下，左舷的炮塔便瞄准了奥克兰。

2015年10月17日18:12:50，关岛基地。

"报告Z将军，敌方所有战舰都被击沉，而且已经脱离深海化状态，目前所有对象生命体征平稳，请指示。"

"很好，"东寂天坐在办公桌前对向他报告的海伦娜回答道，"将她们送回各自所属的国家吧。"

"明白了，但是新的来自UN总督府的消息称，为了能够让我们这些美国舰队的舰娘能够学习Z将军您的军事技巧，我们几个来到关岛基地的美国舰队现在申请加入星海港联合舰队。"

学习技巧么？

也罢，让她们了解一下吧。反正对于人类的整体利益是有保障的。

"申请通过，欢迎加入星海港联合舰队，我是舰队的提督东寂天少将。你们像往常一样称呼我Z将军便是。"

"另外，UN总督府总部的米拉克少将考虑到您的战绩，决定将一座新的MK6主炮和潜艇射水鱼号赠送给您，作为军事力量的增援。"

"好事啊。"东寂天微笑道。

"不过，我们美国舰队的南达科他……一直下落不明。这是唯一一个目前还在失踪的我方战列舰。请您尽快安排新的任务，寻找回我们最后一个还在失踪的姐妹。"

“这倒是没有问题的，请放心。”

“还有，Z将军。我们这次打捞上来的来自美国的姐妹们反映，她们都是被一艘叫伊势的航空战列舰带领的舰队所深海化的。”

“嗯，我知道了。”望了一下已经到了黄昏的天空，东寂天若有所思地说。

有可能翔瑞鹤遭遇不测，被深海化就是伊势的所作所为。

看来是需要引蛇出洞了么？

“现在也到饭点了吧？我们收拾一下，准备用餐。”

“好的，Z将军。”

2015年10月18日21:34:50，关岛基地。

距离上次战斗已经过去了一天，舰队的整备工作终究是完成了。

此时此刻，大凤正在灯火通明的宿舍区里闲逛。

“嗯，没想到关岛基地的配置比我们那里要高科技一点呢。虽然没有星海港那边繁华就是了呐。”

由于根据昨天被打捞起来的美国舰娘的反映，被伊势控制以后她们便发现了与众不同的院长，翔瑞双鹤。于是UN总督府对于这种舰娘深海化的情况皆以代号称呼，方便全球各地的人类势力范围能够及时进行应对式打击。

而且，无论是被一次人类势力化，还是被制造出来的舰娘，都是如此。

例如上次，欧根亲王深海化的事件，被取名"晴雨"事件。

从以前到现在，所有深海化的人类舰娘都会被编号，然后将消息发布至全世界，以至于各地的人类势力能够在回收之后尽快转移回原来深海化之前自己的服役地区。

当然，因为这次事件是首例秘书舰深海化的案例，就好比天气从晴天转雨天，故名晴雨。

而这次……双鹤深海化之后，因为产生了不小的风波，又因为对象全部是航空母舰，故这次事件在今天正午12点被命名为"风暴"事件。

在知道了与自己同国的舰娘被深海化为院长之后，大凤自然是很难受的。

但为了伙伴的归来，自己还是应当以十足的信心去面对接下来的挑战。

"大凤酱，原来你在这里啊。"

"诶？夕张酱？"

那是一个有着白发，戴着墨镜，穿着黑衣的皮肤洁白的少女。

大凤能从她的身上感觉到深深的，来自深海的气息。

不过大凤知道的，夕张能不被发现是因为她有特殊的深海舰娘信号屏蔽器，以至于没人发现，可惜半径太短，只能容她一人不被发现。

"有事情找我么，夕张酱？"

两人步行来到了海岸线旁，找了一处木制长椅坐下。

新月挂在天空上，给深色之海带来一点有些看不清的光泽。

清凉的海风正拂动着海浪，然后绕过两位舰娘的身子，给她们带走多余的热量。

人工砌成的石滩边，修筑整齐的滨海栈道上，路灯们正有序地沿着海岸线排成一条曲线，不见其首，亦不见其尾。

在这安静的栈道上，夕张首先开口说话了："大和已经醒了，她说她可是很喜欢你呢。"

"诶？上次我不是和她敌对了么？"

在大凤不解的时候，夕张便回应了大凤。

"大和醒来之后还在和我抱怨说'大凤酱长大了实力变强了连姐姐都打了呜呜呜'什么的。"

"噗，因为我是听 Z 桑的命令的呢。"

听到这里，大凤变笑了起来，十分可爱的样子。

"嘛啊，怪不得那家伙嚷着'一定要把那个姓东的魂淡撕成碎片'的话呢。"

"但是我的实力变强跟我的提督逍遥游有关呢，他很喜欢我，所以对我无微不至地照顾呐。"

夕张的表情有了一点微妙的变化，但又莫名其妙。

"其实大和是很开心你能找到自己的提督的。"

夕张耸了耸肩,微笑起来。

"但是她对你……怎么说呢,有点痴迷吧,还专门托我去买关于你的周边呢。"

没错,自从大凤以五河大凤(Itsuka Taiho)的身份出道,成为新舰队偶像以来,就有很多粉丝来追随她,对她十分喜爱。

当然,身为第一个院长的大和,也是大凤的粉丝之一。

"全舰队都在被大和姐安利。如果不是深海舰娘太显眼的话我觉得她们一定会上岸来看你的。"

夕张推了推眼镜,又低头看了看表。

"……啊,这个时间了,我想我要走了。"

然后,夕张起身,朝着面前那深邃幽静的苍蓝大海走去。

"哦,对了,"夕张回首,"大和姐托我对你说,觉得太寂寞可以去找她,她最近很闲的,因为在休养状态,而且她肯定会因为你找了个好提督而对你开放特权,不让你深海化的,她可是一直想看着你当偶像的,如果你深海化了她就看不了你的演唱会了……好了,该说的我说完了,再见了大凤酱。"

"嗯,再见啦夕张酱!"

越过铁索栅栏,走上石滩的夕张头也不回地大喊:"有院长大人一定没问题的!"

然后,召唤轻巡洋舰的完全舰装,驶离了海岸线,同样不为其他人发现。

2015 年 10 月 18 日 21:58:52,关岛基地·会议室。

"现在我们已经成功将所有被打捞起来的真实舰通过空运转交给了各地的负责人,但是南达科他……依旧是没有任何下落。"

东寂天开始分析目前的战局。

"而且翔瑞鹤没有亲自出马,甚至连我们的重点猜疑对象伊势和日向都没出现,仅仅只是派出 12 只吨位都在重巡级以下的真实舰。恐怕接下来的战斗会有点吃力,若不是我们战术得当,利用复纵阵的优势闪避敌军攻击,达到只有大凤擦弹的几乎零命中境界，估计我们早就要重伤了——就像打通直布罗陀海峡航线的那次战役。"

会议室现在仅有东寂天，逍遥游，白濑渺，大凤和安森。

"白濑渺，这次的目标是日系的船，而我一定要收复这两个院长，所以……"

指着白濑渺，东寂天如是说。

"哈啊？！"

这个黑发绿瞳的青年开始慌了。

"让我去真的好吗Z桑？"

"没错，就是你。"

东寂天淡然地回应，脸上只是一副冰山的冷酷样。

"你……是让她们回来的关键。一，你父亲是日本人，所以从同国人的角度上讲比我去劝说的效果要好不少；二，这是一次对你的实战考验；三……"

白濑渺对这拖长的音愈发敏感，像地震一样震撼他的心弦。

但这第三条，又是一个能够在他的心中产生爆炸效应的炸弹。

"……收复成功之后，让她俩成为你的秘书舰。而且保持深海院长状态。"

保持院长状态？为什……

"因为这样她们才能被足够地重视，毕竟身为院长。但我只是想借此向世界上所有人类反映一件事情。"白濑渺还未反应过来，东寂天又说道。

"深海与人类，本来就是一家人，本来就不应该发生这样愚蠢的战争。为了利益便罢了，发动这种程度的战争简直就是一场笑话。"那蓝瞳之中似乎在释放着狰狞与疯狂的光。

在白濑渺眼中的东寂天，虽然狂妄之至，但这个最终目的……却与他的表情截然相反。

这便是Z少将所谓"阴阳平衡"的样子了。

第十九章　残酷现实

2015 年 10 月 19 日 16:16:22，菲律宾群岛以东 200 公里处海域，某个无人微型岛屿。

"东临碣石，以观沧海。水何澹澹，山岛竦峙。树木丛生，百草丰茂。秋风萧瑟，洪波涌起。日月之行，若出其中；星汉灿烂，若出其里。"

望着那蓝天白云和艳阳，东寂天如是吟诗。

"幸甚至哉，歌以咏志！"

没错，东汉末年的军事家，曹操所著的《观沧海》。

虽然仅有 56 个字，但是其磅礴气势仍旧影响千年。

东寂天这般吟诗，又吟这首，恐怕另有原因。

没错，军事家对海吟咏，正如同现在的战术师对海当歌！

而他有预感，机械环海的决斗，即将开始打响。

是的，她们来了。伊势所带领的舰队！

"报告 Z 将军，发现敌方舰队，正在我方岛屿以东 40 千米处，请指示！"

"好了，安森，我们……"

黑发蓝瞳的青年披上一件中国海军的白色制服的外套。

"Let's fight with our enemies（让我们与对面的战一局）！"

"Yes, my sir."

这场早有预谋的战斗，开始了第一个音符。

然后，这场乐章，在这片泛着阳光的大海上就此奏响。

"报告 Z 将军，对面有 7 艘真实舰，93 艘虚假舰。真实舰名单为航空战列舰伊势、日向，重巡洋舰铃谷、熊野，驱逐舰若月、秋月、凉月。"

"报告敌方虚假舰数据，列克星敦。"东寂天更想了解那些像蚂蚁一般缠人的虚假舰群。

"6艘战列舰，9艘战列巡洋舰，10艘航空母舰，16艘重巡洋舰，5艘重雷装巡洋舰，20艘轻巡洋舰，27艘驱逐舰。而且……全部为Ⅱ型。"

"呵！"

东寂天蔑视一笑。

"白濑渺，交给你了。这么简单的任务。"

"Z，Z桑，这是上百艘战舰啊？"

只见东寂天霸气地结束了二郎腿的姿势，跳起，然后半跪右腿、弯曲左腿，将左手放在身前，右手放在身后，披在肩上的外套居然没有掉落下来！

"我说叫你来就叫你来。虽然我知道你的实力也不差，但总不能我一个人干活吧？"

"哦，是，是的，Z桑……"

白濑渺起初确实是慌了，因为这是在东寂天，这个恐怖的战术家面前的第一次指挥。

虽然白濑渺在日本算得上一员猛将，但是东寂天这人不可小觑，所以慌了实属正常。

不过，他倒是明白应该如何面对的。说简单也简单，说困难倒也说不上。

拿出自己在做生物研究的那个样子就是了！

"好，既然指挥权暂时交给了我，那么听我号令——"

"列克星敦，萨拉托加，大凤，你们将所有轰炸机全部派去，然后击溃敌方重雷装巡洋舰队和战列编队，全体战斗机注意对空，所有我方战舰，全部转为轮型阵进行防守！"

听到这里，东寂天如果是在喝水估计早就喷了。

"噫，我的铝啊……"东寂天的心中飞过十万单位的铝，"我的铝在飞行啊……"

不过他知道的，只有通过削弱对方的火力增援，才能够保存己方实力，攻下伊势日向这两个难缠的航空战列舰。

不过白濑渺是知道的，伊势日向虽然身为航空战列舰，但是在几十年前，她们是以战列舰的样式进行改造，成为航战的。

因此，她们的舰载机若是不厉害，其实并不会构成什么威胁。

然而，现在白濑渺等人所面对的，是百舰争流！

东寂天回首，望着在大凤号上的白濑渺。

"这小子虽然比我小一点，但是潜力也与我一样无穷无尽。孺子可教也。"

然后他扭头回来，走进了安森号的控制室。经过无数岔路，然后到达了安森号内部的一个简陋的密室里。

"是时候让你展现身为深海的女王的光芒了，小淇。"

"交给人家就好了呢，人家会听你这个大笨蛋的话的……记住了，下次人家醒来之后，如果你不在的话我就淹死你哦，笨蛋！"

"行行行，我陪你总行了吧？"东寂天无奈地说道。

"因为人家……最喜欢你了呢。亲爱的笨蛋老哥。"少女吐舌道，一副调皮的样子。

"我上次叫小淇说，八点之前不写完作业就离开奶奶家，然后回来。结果她居然以光速写完了，而且提前十分钟搞定。"

"哦，这样啊，不过我确实现在不需要你陪了，妈。多陪陪她也好。"少年时期的东寂天，坐在刚刚享用完晚餐的桌前，如是说。

"她爸妈都生了她也不管教，确实事情严重。你这么做确实有利于她的学习，让她能够在这个残酷的世界生存……毕竟她现在才三年级，太小了，不足以用成熟的眼光看世界，我们需要引导她。"

在那个时候，东寂天就已经知道自己该干些什么了——作为一个已经成功了一部分的，少年时期的引路者。

"因为她彷徨，孤独，甚至把你这姑妈当妈了，妈……"

所以东寂天成为终极妹控的背后，有一段很深的历史。

不过当初的他知道一件事，只有自己，获得成就与辉煌后披上了所谓的人生赢家的光环的自己，才能成为夜小淇的榜样，让她不会误入歧途。

"虽然是个大笨蛋，但是这才是爱我的笨蛋老哥呢……我会竭尽所能，让你这个大笨蛋开心起来的！"

看着意志开始坚定起来的夜小淇，东寂天的嘴角上扬，眼神变得柔和。

"深海意志·千机掌控术！"

突然，排在舰队最末尾的安森号离奇消失了。

不过还好，之前夜小淇在安森号上的时候就释放了反索敌系统，敌方的索敌数据面板上不会有安森的名单。

"嗯，对面的所有虚假舰全部被击沉，铝耗看来是相当人了。估计 Z 桑的秘密武器准备要拿出来了……说好的这个时候出手的。"

不出白濑渺所料，真正的敌人的克星，终究是要来了。

"嘭！"

伊势被一发不知来自何方的火炮命中，马上进入了中破状态。

威尔士亲王见势，马上开启了东寂天带领的舰队内部的无线电频道。

"秘密武器来了，提督没有骗我们。姐妹们，我们不能辜负提督对我们的期望。为了深海和人类能够和谐美好地发展下去，为了提督的意志——炮击吧！"

"为了我们舰娘共同的美好未来！为了自由！为了民主！为了和平！为了人民！为了正义！"

"自由！民主！和平！人民！正义！必胜！"

在列克星敦这坚定的话语的影响下，在场所有的美国舰娘，萨拉托加、博格、普林斯顿、海伦娜都开始这般喊道。

"姐妹们，我们的意志不能输给来自美国的舰娘们！大不列颠帝国，永恒！"

威尔士亲王决定在气势上胜过美国的朋友们，便联动了胡德、声望、天狼星一起振作士气。

"大不列颠帝国，永恒！"

远处的安森虽然进入了被夜小淇控制的神隐状态，但是心中为了国家挥洒热血的那种精神力，不亚于其他几位姐妹。因此炮击的威力也愈发强大，对着伊势猛烈地炮击！

2015 年 10 月 19 日 22:47:50，关岛基地。

伊势醒来了，发现自己已经变成了人类舰娘。

"我，我这是在哪？"

"这里是关岛基地，伊势酱。"

大凤那夺目的樱红色双马尾出现在伊势眼前。

伊势现在和姐妹们都躺在床上。

日向，铃谷，熊野，秋月，凉月，若月，都和自己一样，躺在这个房间各自的床上。

"我来告诉伊势酱吧，其实我们都已经知道了你将翔瑞鹤院长化的事实，但是我们不打算对你进行任何制裁哦。"

"诶，为什么……"

"因为伊势酱是无辜的。我们并不想和深海继续战斗下去了，所以现在正在卖力地谋求合作，寻找共同发展的道路呢，伊势酱这么做可是不对的哦，知道吗？"

伊势听到自己同国的舰娘说到这里，决定原因相信人类一把，便释然了，不再充满敌意。

"只是不知道伊势酱有没有听到关于'ABC'真相的事情呢？"

"有，有听瑞鹤院长大人说过，她为了能够了解到这个真相所以把我派出来了，可是我却被一个不知道从哪里来的炮击给命中了……"

"那是我干的，我是英国乔治五世级战列舰 4 号舰，安森。"安森打开门就听见伊势说这回事，回话道。

"'ABC'真相……目前除了我，大凤，就只有 Z 将军，V 提督，U 提督知道了。但是这个秘密还是保密为好，因为我们需要收复双鹤，只有靠这个了。"

"可是，真的管用么？为大家带来不便什么的，真的很抱歉呢。"

伊势的忏悔确实是真的，因为舰娘……是最美好的存在，她们不会欺骗对方。

会欺骗的，是为了谋求生存而变成所谓的邪恶的人类，或者更多弱肉强食的生物。

"没事的没事的，我们要相信东寂天提督，Z将军的话呢。"大凤对伊势自信满满地叉腰，说道。

"Z将军……原来他就是带领你们无往不胜的那位战术大师呢，果然，是在下输了呢。"

伊势开始对东寂天这个战术师起了一些兴趣，想要更多地了解他。

2015年10月19日22:23:10，未知海域·海底·深海舰队太平洋总部帕西菲克城（Pacific City）。

变成随身舰装模式的夕张下潜，来到了这海底的城市——帕西菲克城。

如果用某种神奇的领域来形容，可以是亚特兰蒂斯（Atlantis），亦可以说赛博坦星球（Cybertron）。

在蓝色的保护罩下，这座有如中国上海市大小的帕西菲克城是如此美丽。

这就是海底的世外桃源，深海高科技的城市啊！

夕张从特殊的屏障入口进入，然后在第一个半圆柱形透明管道空间里排掉身上的海水，接着进入第二个，第三个防水管道里，最后来到一个稍微大些的房间，打卡。

"深海真实舰，夕张。状态，返回太平洋总部。"

径直地走过跟人类城市相差无几的，抬头就能看见新月，被美丽星空笼罩的帕西菲克城，夕张来到了一座摩天的，白色和金色交相辉映的公寓楼面前。

夕张从大门进入，经过花园，然后进入电梯间，来到顶层，敲门。

"大和院长大人，我回来了。"

"这么晚才回来啊？真是的。"

没错，帕西菲克城的日常作息和人类完全一致——Grotesque 定律系第一定律，深海舰娘就是人类的化身。

"嗯，大凤的情况还好，她的私人提督，来自中国的逍遥游把她照顾得无微不至。而且因为上次你出手伤了大凤，结果逍遥游，居然把东寂天给打了一顿……"

"噗哈哈！谁叫这个姓东的活该！大凤酱这么可爱的孩子就是要好好照顾，让她当偶像，过美好生活，就像我现在这样嘛！"

大和豪爽地大笑，身后的白色单马尾晃动了一下。

"不过算了，既然大凤酱能够得到很好的照顾，我也不想和那个姓东的纠结太多，就这样吧。"

说完，大和叹气了一下。

"到底是人类啊……为了私欲，居然能分裂成这种样子……不过我倒是明白了，我们的力量太弱小，果然无法改变这个现状，连姓东的这一关都过不去，我谈何改变人类呢？"

"大和院长大人，您的意思是？"

只见大和不语，走向了阳台，看了看悬在高空的新月。

"我不想再做无谓的战斗了，不如试着接受人类的这种劣性吧。反正也不会对我们太坏。趁着帕琪娜那家伙代表深海和人类第二次合作，我可不想再这样受苦了。就看着大凤酱做一名偶像也不错。"

大和叹气，终究有所觉悟。

"为什么我们身为武器生来就要战斗呢？我们只不过是他们的傀儡罢了。姓东的抢走了我的核心，结果把我一直都没有想起来或者说被强制删除的记忆给复原了，真是个残忍的事实呢。"

"残忍的事实？"

"嘘。"

大和示意夕张安静。

"我听说翔瑞双鹤，双生的院长姐妹们好像被伊势那小顽皮控制了？"

"是没错，怎么了，院长大人？"

"唉，真是麻烦……"

夕张看到摇摇头的大和，不明所以。

"叫她们强制遣返，以后不得在我没有发号施令之前行动。姓东的把我被删除的记忆给恢复之后，我才想起来我们诞生的意义是什么……姓东的，你给我不仅恢复了，还把你真正的目的给印到我的脑海里了呢。"

大和深呼吸一口气，然后呼出来。

"这个残忍的事实，被姓东的命名为'ABC'真相，我们……是被佩契星人这个殖民种族安插在地球的殖民工具。他们在太平洋中心的洋底打开虫洞，然后用人类沉没的战舰和人类的尸体，制造出了我们。"

"什，什么……"

夕张觉得这简直不可思议，简直就是一场精神冲击。

"因为当时的统治者被搞下台之后，新统治者为了能让那个民族不再饱受战争和贫困之苦，便结束了计划。我是第一个被制造出来的，在其他姐妹们和虚假舰姐妹们诞生之前，佩契星人放弃了计划，所以只有我记得这个事情，结果我被删除了记忆，然后他们关闭了虫洞，就此消失。结果我们居然不断制造姐妹，傻傻地去进犯自己的同族，也就是人类，为了所谓的不切实际的正义……"

"我，我明白了！我这就让伊势她们收手！"

夕张一脸慌张地离开了大和的房间。

"看来，我们真的……只是被殖民者遗弃的工具（Abandoned By Colonists）呢。"

大和仰首，望着新月。

脸颊，不停地，缓慢地，流下忏悔的泪珠。

第二十章　菲律宾海海战

2015 年 10 月 20 日 15:21:00，菲律宾群岛·米沙鄢群岛。

大和应该不会料到，伊势，这个整件事情的始作俑者已经被人类势力化了吧？

也就是说，她们无法强制遣返。

那么……

估计"ABC"真相不能这么顺利地就告诉伊势了。

而且，根据 UN 总督府发来的最新消息，翔瑞鹤……为了替被剥夺核心的大和复仇，已经攻入人类的领域。

因为东寂天的消息封锁，翔瑞鹤作为普通舰娘并不知道大和核心被剥夺的事情。在知道之后才打算对人类，这些她们原本就深恶痛绝的虚伪者下手的。

翔瑞鹤已经了解到了伊势被人类势力化的消息，十分心痛与不满。

最重要的是东寂天所说的残忍的事实，这个东西实在让她俩想要搞懂。

不过，人类……都是伪善者。都该死。

"姐姐，我爱你……"

"瑞鹤，姐姐也是哦。"

两个长得一模一样的院长，相互对视，相互微笑。

这一切是多么美好啊，真不忍心打扰她们的互相爱恋之心。

"姐姐的身体，好温暖呢……有姐姐在真好……"

"瑞鹤，我们永远不要分开，就这样一起做这种事情吧……"

"姐姐……"

"瑞鹤……"

突然，两人的右眼，同时流出热珠，然后左眼也是。

乍一看，就好像是另一个自己。

这就是双生的羁绊，几乎撕也撕不烂，扯也扯不断。

不再孤独。

因为眼前的她，正是自己最爱的人，是至死都不要分开的姐妹。

幸福的泪水，顺着两人的下颚，锁骨，缓缓流下。

然后，两人深情一吻，接着发展成了舌吻。这对姐妹花就这样互相缠在了一起。

多不想打断这一切。

2015 年 10 月 20 日 15:03:02，米沙鄢群岛沦陷。

虚假舰登陆之后，开始对人类进行狙击式伤害，但在警方的预备保护之下，目前没有人受到伤害，只是米沙鄢群岛……已经沦陷为深海的地盘了。

2015 年 10 月 20 日 15:28:25，星海港市区内·中兴大厦·27 楼·星海港附属研究所。

"已经了解到了敌方院长数据……翔瑞双鹤身为双生院长，这次翔鹤的耐久度……已经和瑞鹤一样，达到了 233 单位。"罗博仕十分震撼地对屏幕前，在关岛基地会议室的东寂天说道。

这可不好办啊……

上次翔鹤的耐久度单位可是连 100 都没有破，但是这次居然——

"装备信息出来了。"

李天棠对着眼前的电脑屏幕，一脸严肃。

"不仅翔鹤的耐久度单位是这样，连装备都一模一样。两艘航母，每艘有 192 架彗星，96 架流星，48 架烈风。总计是 384 架轰炸机，192 架鱼雷机和 96 架战斗机。"

呵，672 架飞机……

东寂天开始沉思，但是一旁的白濑渺已经慌了。

"啊啊672架飞机什么的很吓人啊！"

上次在小笠原诸岛打败了翔瑞鹤，翔鹤很明显和瑞鹤是不一样的数据，而且逊于瑞鹤一半不止。而如今这种双院长模式……究竟是怎么一回事？

"双生。"只见在实验室那边的蓝空飞托了托眼镜，轻轻说道。

"她们本身就是一种羁绊。为了对方能够和自己一样，她们一起变强了。而且伊势说她只是开发了一个院长病毒，但没有想到激活了双院长模式。恐怕……就是因为瑞鹤的强大，翔鹤也想要有守护瑞鹤的力量，瑞鹤也想让姐姐变得强大，能够互相依靠，结果瑞鹤在深海化之后将多余的院长的力量支配给了翔鹤，以至于就有了今天这样的局面。"

蓝空飞将眼镜取下，叹气。

"毕竟以前她们在我的心理诊所那里也是常客，我对她们从心理上的了解也是比较多的。她们真的就像一个人一样，看不出什么区别，除了瑞鹤是短发，翔鹤是长发罢了。"

所有人都开始思考蓝空飞话语之中的内涵。

不无道理，因为在众人的印象中，翔瑞鹤几乎都是一起出现的，从没有离开过。

"双生的锁，剪不断，理还乱，是离愁，别是一般滋味在心头。"

只见炎炽云将二郎腿翘在桌上，抱胸，微笑。

那笑容的眼睛已经眯成了一条缝。

"就好比我和蓝仔来这里之前，我们的秘书舰，宁海，平海一样，双生的姐妹花。这种现象在舰娘之中是非常常见的。"

"顺带说一下，逸仙，重庆，双海她们是最近总督府为了我们的人身安全而在寂爷舰队里挑出来的秘书舰，虽然现在在中国进行一次改造，不在这就是了。"罗博仕说道。

"新消息，第三方UN总督府美国檀香山分部申请加入视频对话！"

传来的"叮叮"声吸引了众人的注意，罗博仕同意连接。

"大家好，我是云圣贤。考虑到这次的事件，我谨代表 UN 总督府，以首席外交官的名义，命令诸位，进入三级最高级戒备战斗状态。"

"报告提督！"

大凤突然打开了关岛会议室的大门。

"提督，Z 桑，渺桑。我们的先遣部队已经在米沙鄢群岛索敌成功，敌军有 4 艘航母，1 艘战列，1 艘重巡，2 艘驱逐为真实舰，虚假舰共 203 单位，其中 15 艘战列舰，20 艘战巡，25 艘航母，40 艘轻母，30 艘重巡，33 艘轻巡，40 艘驱逐！"

"什么？！"

众人对这浩大的战舰数量惊讶之余，逍遥游却问："敌方真实舰名单？"

"瑞鹤，翔鹤，苍龙，飞龙，南达科他，最上，雪风，浦风。"

"呼，还好雪风到了，这样就能削敌军幸运了……等等！"

原本听到雪风这个祥瑞之舰的逍遥游突然捕捉到了一个重要的信息！

"苍龙飞龙也在？！"

在旁边看着双鹤互相亲昵的苍龙和飞龙，坐在树上，看着汪洋大海上的群岛。

两人此时都是深海化之后，剩下的颜色只有黑色、白色和金色。

"菲菲，你那边状况如何？"

只见飞龙默不作声，拿着望远镜看着远处，身子一动也不动，脸色红润。

"沧沧，我……"

终究是缓慢地放下了望远镜的飞龙一脸害羞地看着苍龙。

"听着五航战的院长们在做那种事情……我忍不住了啊……沧沧……"

"菲菲……"

苍龙抱住了在自己右侧的，自己的亲姐妹。

然后，两人一瞬间抱得很紧。

"要是咱俩做了那岂不是跟吃了池藻药丸一样么？万一这个时候人类攻

进来，我们侦查工作没做好的话两位院长大人会没收我们的铝的！傻菲菲！"

"哦，哦……好啦，我错啦。"

飞龙吐了吐舌头。

"不过也是呢，我们现在已经成为了副院长，责任重大，确实不应该懈怠呢，沧沧。"

但是这个时候，一个劲敌便出现在了苍龙和飞龙各自的雷达上。

雷达那能够让一切沸腾起来的声音响彻了整个岛屿，以至于整个米沙鄢群岛。

翔鹤和瑞鹤刚刚经历了一波高峰，结果很快地就传来警报声，让她俩马上将自己的衣物整备好，就像原先变成院长时候的那样。

"大事，大事不好了……院长大人……"

飞龙一脸慌张，抖动着身子，向左回首，望向双鹤。

"有一支来路不明的舰队，在4分钟前袭击我方舰队，经确认，不是东寂天，也不是逍遥游，更不是白濑渺带领的舰队！"

除去这三个，关岛基地按道理来讲已经没有其他人了。

那会是谁？

"报告，现在有一支来历不明的舰队正在袭击菲律宾群岛、棉兰老群岛的翔瑞鹤带领的舰队，敌方轻巡、重巡、驱逐、轻母编队受到重创！"

这个消息让刚开始出征不到2分钟的白濑渺慌了。

究竟是谁在帮助自己？

在这时，一个申请加入白濑渺所带领的舰队的无线电频道的目标引起了他的注意。

并不是深海的申请。

白濑渺疑惑之余，决定看看这个申请究竟是来自何方，然后便同意了。

"喂，渺么？好久不见，没想到你居然成为了这次战斗的指挥，应该是Z让给你的吧。"

"是，是你啊！"

实验室（Laboratory），全称"UN 总督府直系科学院"。

那是一个精英云集的地方。有着 26 员英才，但因为男性成员占了绝大多数，结果被誉为基佬联盟。

而这个实验室，也有另外一个名字，叫做——

键盘天团。UN 总督府直系科学院 26 精英键盘联合天团。

如果我们仔细去研究，我们会发现 Z 正在键盘左下方，S 在 Z 的右上方。而 N 和 M 都在键盘右下方。好似站在前锋的东寂天（Zero），左之翼的守护者蓝空飞（Nebula），右之翼的守护者炎炽云（Blaze），以及站在三人中间，高高在上的云圣贤（Saint）。

如果从四人的左侧看，再看一下键盘顺序，就会发现这个玄机。

每个键盘字母按键的排位，都有十分深刻的渊源——这绝不仅仅只是一个键盘走位问题，这代表着一个为了深海与人类不懈战斗的团队。

凭借极其优异的才能进入的仅有 26 人的实验室，云集了世界各地精英。

而在这 26 精英之中，就有一个精英中的精英。

他是"真正""创造"了"舰娘"的精英级人物。

如果没有他，纵使东寂天和逍遥游制造出了舰娘，恐怕也不能激活其战斗力。

他创造了舰娘的随身舰装模式，完全战舰模式。这便是为什么舰娘能够根据意念召唤并收回随身舰装和完全战舰的真正原因。

他是个创造者（Creator），通过舰娘的英灵之力发现了舰娘力量的源泉，最终在人类舰娘制造过程中将人类舰娘的制作向成功推进了一大步，确乎是个具有革新意义的创造者。

在身为"日本之永恒极昼"的生命之源白濑渺（Vita）来到星海港之后，他接了白濑渺的任务，成为了日本方面的总指挥官，被冠名"日本之不败传说"。

他也和东寂天一齐学习战术，成为了整个团队里的最强刺客型人物，极为擅长闪击战。

不过，他也具有逗比的一点。白濑渺喜欢喝香港维他奶，代号是生活（Vita）；而他喜欢吃芝士（Cheese），他的代号则是创造者（Creator）。

果然，代号总跟这个人的特性息息相关，不只是名字啊……真是个传奇般的实验室。

而这个赋予了舰娘能够保护自己，守护他人的力量的人……

有着银色的柔顺秀发，闪射着橙金色光辉的眼睛，戴着黑框眼镜，冷酷的高富帅。

铃木修一（Suzuki Shuichi）。

而他这次赶来米沙鄢群岛，又有什么目的呢？

2015年10月20日16:17:26，米沙鄢群岛。

"是，是你啊！修一桑！"

"这次你们应该轻松了，我利用闪击战模式已经成功让在陆上的、海上的所有虚假舰全部沉了。"

"哇，谢谢修一桑了！"

白濑渺十分感激的声音在无线电频道里震动着。

"但是经过这场鏖战之后，我方损失也十分严重，估计帮不了你们什么忙去对付真实舰了。"

"啊，去关岛基地吧，我们的人会在那里修理好你的舰娘们的，修一桑。"

"那我就恭敬不如从命了。"

从铃木修一的口气里能够听出来，他确实是战斗得有几分疲乏了。

"但是……记得把苍龙、飞龙她们救出来。居然敢动我铃木修一的女人，不可原谅。"

很像诚哥（诚哥为日本动画片《School Days》主人公，在现实中比喻只涉云雨，不问爱情之人）的语气……

难怪铃木修一要来这里支援，还舍得让他好像后宫似的舰娘们受伤，原来是为了他的两个正宫级的舰娘啊。看来他那边果然也是被伊势给入侵了，结果丧失了两个正宫。

"我好不容易找到沧沧和菲菲，居然被这群万恶的虚假舰给阻挡了，现在力量达到了极限。好吧，你加油，我先去关岛休息了，真是太累了……"

白濑渺能感受到铃木修一的愤懑。

目视远处铃木修一的舰队渐渐往东南方向行去，白濑渺感觉自己此时正在承受着巨大的责任，就好像一个沦陷了家园似的少年，拿起了他的剑，对着眼前的巨人，然后一跃而起，斩杀这个巨人，拯救自己的家园。

Angriff auf die Titanen.（向巨人进击。）

Der Junge von Einst wird bald zum Schwert greifen.（少年不久之后将执起剑。）

Wer nur seine Machtlosigkeit beklagt, kann nichts verandern.（那些因无力而叹息的人，无法改变任何现状。）

Der Junge von Einst wird bald das schwarze Schwert ergreifen.（少年拿起了那把黑色的剑。）

Hass und Zorn sind eine zweischneidige Klinge.（仇恨与愤怒正是双刃剑。）

Bald eines Tages wird er dem Schicksal die Zahne zeigen.（不久后的一天他将向命运龇露獠牙。）

白濑渺想起了自己听过的，《进击的巨人》的主题曲《红莲之弓矢》里的这串德文。

他坚定自己的意志，决心拯救出那两个本不该承受如此命运的少女。让她们知道真正的真相，让她们能够继续在这个残酷的世界上，坚定地生活下去！

为了美好的生活呵……

"可惜这里海峡太窄，只能让7艘战舰进入，怎么办？"安森对在大凤号上的白濑渺报告。

"这样吧，你，威尔士，声望，胡德，列克星敦，萨拉托加，大凤，一起进入。"

"指令接收。"

"其他舰娘在附近巡逻。"

说罢，7艘强劲的大型战舰进入了狭窄的海峡。

想当初……自己，那个名为大凤的战舰……就是在这片海域沉没的。

当时的大凤隐隐约约还有些意识，但自己就像一只被人控制的傀儡一样，什么都做不了，只能眼巴巴地看着自己的诞生，自己的出征，自己的……毁灭。

就是这样，了无生息，最后还要承受死亡的痛苦。

而现在，自己和伙伴们化为了英灵，重生在这世界。

原本都是在这片海沉没的，结果现在却兵戈相向。

这若不是造化弄人，还可以是什么呢？

悲伤而残酷的世界。

大凤这样站在高处的舰桥上，泣下泪珠。

"为什么会深海化呢……"

东寂天在阴暗而幽寂，甚至多了几分恐怖的会议室里，坐在主席位置上，双手撑头，肘关节撑着桌子，苦苦地思索着。

"深海……按照大和核心内部解析的信息所说，那是所有舰娘所追求的最美好的事物，可惜只在深海……深海？"

东寂天突然间明白了什么。

他在阴暗之中，打开联想Y50-70型号的笔记本电脑，键盘上散发着红色荧光。东寂天开始敲击键盘上的字母，不时移动鼠标。

"深海……在我们人类眼中，是阴暗的，冰冷刺骨的……但是越靠近地核的地方，不应当是地热能最旺盛的地方，导致温度很高么？"

看来，好像我们所有人都做错了这道题。

"呵呵，原来如此……"

东寂天如释重负，靠在椅子后面，好像一个懒人。

"难怪深海这个深黑色的代表，会有不如外表那般的光明！"

他嘴角上扬。

"可是，你们却在承受生命不可承受之蠢啊……因为我们总有那些令多数人深恶痛绝的、所谓的正人君子呵……"

东寂天将这"正人君子"四字，咬得特别重。

"别像我当年那样，太执念于某物，迟早要因为外界崩溃的啊！"

有些咸的液滴，顺着东寂天的脸庞，划到会议室那柔软的丝质地面上。

必须忍受？

不能忍受。

无法忍受！

为什么，舰娘就因为是舰娘而要受到隔阂般的对待！

为什么，舰娘就要受到唾弃？她们也是变相的人类啊！

为什么，舰娘就为了将那些令人恶心厌恶的人弑掉而让其他无辜的人类受到同等痛苦！

"BB，记住，不要涉及'那个圈子'，那里充满着污浊之气，你不能被这般荼毒！"

父亲的话虽然偏激了些，但终归是经验之谈，而且一针见血，非常到位。

"安安稳稳做个普通人就行，但以后你的路子怎么走我不会管，因为我管不了了。"

东万奇……不愧是自己那博览群书的死宅老爸。

不过，就是因为他，东寂天得以用玄学改命，在他的指导下走上大众眼中的、所谓的正确道路。

因为这条路上，有东寂天想要的东西。而在这条路上，他遇上了舰娘，这个足以改变世界的存在。

2015 年 10 月 20 日 17:52:23，米沙鄢群岛。

"对方南达科他已经沉没，迅速进行打捞工作！"

令白濑渺意外的是，南达科他的火力不仅几乎不会对我方造成重创，反而命中率大为下降。

看来南达科他……还具有自己的一点意识，尽力不会伤害自己原本的友军——列克星敦，萨拉托加。

白濑渺考虑到南达科他原本装备了两副美国三联 16 英寸炮(MK6)的关系，所以命令鱼雷机编队去主攻南达科他，不过由于翔瑞双鹤那恐怖的舰载机量，所以在牺牲了 80% 轰炸机和全部鱼雷机的情况下，只是击沉南达科他罢了。

由于开启了复纵阵，这个对于鱼雷和炮击都有良好的闪避性能的稳中求胜之阵，所以只是 3 艘航母受到了攻击，列克星敦，萨拉托加中破，大凤大破。

"居然把大凤大破了……回去的话逍遥游肯定要弄死我啊！"

困境中的窘迫，使得白濑渺的愤怒达到了最大化。

一向是愤怒值常年达到最小化（Min）的渺，这次突破了最大化（Max）！

"对面的……让你们看看永恒极昼的力量吧。"

"集火对方最上，雪风，浦风。我倒要看看雪风这不可一世的祥瑞的存在这个传说是如何被打破的！"

听到这里，威尔士亲王将炮火对准了最上，一击必杀！

这个炮火是逍遥游的合法设计的产物，在合法装备领域里的最强火炮之一，MK7。

有着 27 单位的火力增幅，3 单位的命中加成，有着优先出手的超长射程，这就是第七代美国三联 16 英寸炮，因为是最终改装，所以更名为 UN 总督府三联 16 英寸炮。

"对方发来第二波空袭！"

"菲尼克斯之盾！"

大凤一声令下，在大凤号和其他友军战舰的身上，全部开始环绕起那金色的菱形护盾。

双鹤和双龙的上千架舰载机，终究被这层护盾给挡下不少，所有人类势力的船都进入了强制性中破保护，而且还发动了损害管制系统，生成的妖精正在不断修复受到伤害的战舰。

看来上天是偏向了白濑渺这边。

那火红的夕阳，正在极西之处缓缓落下，然后消失在了地平线的尽头。

在那尽头的上面，只有夕阳那闪耀的余晖，接着就是与蓝色海洋所交相辉映，变成紫红色的天空。

那简直就是一个美妙的世界，倘若是能体会风景之人，估计会为此而兴奋起来吧。

缺少了南达科他、最上、雪风、浦风的夜战主力军，双鹤与双龙，早是强弩之末。

"四个被打捞上来的深海舰娘已经脱离深海化状态，现在在安森号上，大家放心。"安森的声音传入无线电频道。

"那就好。"

白濑渺开心一笑。

"话说，有Z桑和U神设计的那个糖果么？"

大凤虽然受到重伤，现在身处深海方面的打击圈之外，但其精神状态还是不错的。

不过白濑渺这句话，大凤有些不能理解，不知道是什么糖果。

"那个糖果？"

不过大凤突然之间意识到了，这是一个隐语。

"我知道了，看来渺桑胜券在握了的说。"

没错，东寂天和逍遥游设计了一种水果味的糖果。

然后为了玩梗，东寂天把糖果取名"池藻药丸"，因为这个糖果的形状十分像池子里养的那种藻类植物，螺旋状的。

而"池藻药丸"谐音中文里的"迟早要完"。

每当自己有绝对把握能够夺取胜利的时候，就可以吃这种糖果，以示自己的十足信心。

"安森，威尔士，声望，胡德，你们随便杀吧，记得开足火力就是。"

"大哥，今天我们砍谁？"声望提出一个标志性的问题——身为大哥的威尔士亲王，总是会迎来属下这一疑问。因为属下都忠诚于威尔士亲王的意志，愿意为她处理任何事物，她们都敬仰威尔士亲王。

"嗯……我说砍谁就砍谁，那就砍苍龙和飞龙吧，把她们打得不要不要的就行。"

"好的大哥，遵命大哥！"

不过威尔士亲王已经习惯了这个称呼，所以并没有说什么。

处于被动状态的四艘深海航母，则开始慌了。

"可恶……真是讨厌啊！"

飞龙已经达到了愤怒的临界点。

"全部给我下地狱去吧！"

令人意外！飞龙她……居然直接开船过去，迎面撞击威尔士亲王！

不过，这无非就是强弩之末的挣扎罢了。

就好像一个失去理智的人，在持有武器的人面前宣泄怒火，然后被一枪打死罢了。

"嘭！"

响声震耳欲聋，冲破天际。

在这夕阳西下，晚霞渐渐爬上天空，称霸天空的时刻，预示着院长的衰亡。

"报告白濑渺提督，我已经成功以 206 火力单位的攻击击沉了 180 耐久度单位的飞龙！"

而安森则不甘在大哥面前示弱，同样一炮以 197 火力单位的攻击击沉了同样为 180 耐久度单位的苍龙。两个副院长级别的航母，就此退出了战斗。

"看来，我们是必须要输了呢……姐姐。"

"瑞鹤，就让我们带着深海的决意，与我们的敌人血拼到底！"

令人意外，在太阳只剩一丁点余晖，即将进入夜战的时候，双鹤将所有能用的舰载机，全部用上了！

"紧急防空！"

白濑渺示意众舰娘将深海舰载机击落。

不过，既然已是强弩之末，恐怕这点攻击并不能有效攻击白濑渺的舰队，大家只是平均耐久度下降了一点罢了。

"报告白濑渺提督，深海方面请求连接无线电频道！"

这是要投降的节奏么？

白濑渺决定接通。

"深海永不为奴！人类，就算你打败了我们又如何？你们都是一群伪善者！欺骗我们，甚至连身边的伙伴都要欺骗！你们就是该死啊！"

瑞鹤的怒吼，让白濑渺的愤怒已经突破了界限。

"你们是不是中二过度了？！"

白濑渺将对讲的 iPad 重重地摔在大凤号的甲板上。

"唔！"

因为是摔在大凤号上，所以在白濑渺身边的大凤感觉自己的胸口有种莫名的闷痛，然后用左手扶着。

白濑渺虽然知道大凤如此，但他依旧有要事在身，不能管这么多了。

"你以为人类个个都像你们，资源无限，肆意挥霍而不会污染地球！我们就只有少部分人才会过得富裕，但人的贪婪注定人类的今天！你们资源多得要命，当然不会在意这些事情，你们就是我们的理想国度，自然会产生和我们不一样的想法。但我们人类的现实，就是这么残虐，残忍，残酷，悲伤，悲哀，悲凉啊！"白濑渺一连说了好几个类似的词语，可见其愤怒已经突破极限，理智之心荡然无存。

虽然 iPad 摔在地上，整个样子就好像损坏了，但实际上内部还是能正常工作。

双鹤被刚才那声砸击给吓到了。

此时，双龙已经被声望以31.5节最高航速给打捞，很快返回白濑渺的舰队。

因为夜战航母无法造成攻击，更何况舰载机一个都没了。

"这样吧，我想是时候该对你们说出'ABC'真相了。"

白濑渺哽咽了一下，便将一个电脑文件当着所有舰娘的面打开了。

"机密文件"之"ABC真相"

（Abandoned By Colonists，被殖民者遗弃的工具）

我和同事们正在解析大和核心内部的数据，企图了解深海内部的机密。

吸收完了大量深海能，制作成深海能电池以后，Dr.B（炎炽云）运用人工智能，开始进行解码，结果得出一堆火星文，和一种奇异的文字。而且整个解码出来的文件竟然高达上亿字。它们的排布太乱了，我们也看不懂是什么意思。

令人意外，我的妹妹夜小淇……感染了"深海的女王"病毒，变成了深海的女王的她，居然能够看懂那种奇异的文字，并且发现了它的规律。在整体图像上排列来看，就好像一行一行空行之内的正弦函数波动，那些火星文似乎就是空格。幸好它们间隔得有规律，能像看书一样，比较容易发现那种文字，要不然我就要请求使用神威·太湖之光了，这实在是太费脑力了。

我让Dr.I（罗博仕）按照常规正弦函数的规律，叠加了一定程度线性回归变量，将那一串奇异文字抽取，并且新开一个文件夹，把它们连接起来。为了能让大家都看懂，夜小淇申请进入电脑，进行文字翻译，并且理顺了这些文字的先后顺序。

她变成了史莱姆娘，然后改变了身体结构，以神经电路形式入侵了电脑。电脑整体马上变成了散发着能够感知到的，巨量的深海能的蓝紫色机械。

而那串字幕……让我惊讶。我没想到大和身上竟然藏有这般秘密！

"我们佩契星人通过虫洞的方式来到这个星球所谓'深海'的海域，然后为了节省我们那边紧缺的资源，我们就地取材，利用这个星球上所谓人类的智能生命，和我们精心设计的武器融为一体，然后制造出了战舰人。因为这个人在人类之中的定义，分类为男女两性的女性，而且在人类之中算是年轻的一个，于是我们命名之为战舰少女。又因为人类居住在陆地上，所以命名深海战舰少女。

结果，我们资源紧缺，而且我们的星球发生了变革……人民民不聊生，然后就有一个新的领袖取代了我们之前那位战争狂人，为了资源够用，我们永久性地关闭虫洞，意味着我们已经无法再对这个星球进行下手。可是深海战舰少女，这个在被制造成战舰少女之前被人类叫做'大和（Yamato）'的舰娘，可能会把我们的事情说给这个星球的生命，然后来对我们进行报复，所以我们删除了她的记忆，但是发现无法强制删除，只能写成乱码了。不过他们应该不会看懂我们的文字，但还是要防范。

结果，因为来不及拆除深海基地，我们放弃了，为了让大和能够彻底忘记这些，我们给她灌注了这个星球上最美好的情感。意外发生了，我们星球的病毒有少量通过虫洞来到了这个星球。不行，不能给这个星球上的生命通过这个发现我们，快跑！"

我在那时才明白，原来深海的诞生，竟是如此荒唐！原来这本身就是一个属于外星殖民文明的阴谋！

不过现在事已至此，我想……我们还是和原本就属于我们一份子的她们，深海，和好吧。

战争累了，总想回到那无人的海岸边，住下，然后快乐地生活，然后就这样度过我们的一生吧。

为了这样的战争，这不值得！

这种战争，简直比"G"定律系还要怪诞（Grotesque）！

Dr.Z，书之

2015 年 10 月 1 日 22:11:13，于星海港实验室

"所以就是这样，我们想要了解你们，然后求出折中的办法，结果你们……唉。"

直到现在，翔鹤和瑞鹤才真正醒悟过来。

原来东寂天是为了能够了解深海，然后找到真正化解战争的办法。

不过这一切有这么容易结束吗？东寂天一直在思考这个问题。

但这不是重要的，重要的是赶紧收复米沙鄢群岛，解决事情，不要在意那些民众的看法。民众对深海了解甚少，他们即使对深海再不满，又能做出什么震撼的事情来呢？

东寂天冲着这一点就可以放心联合各国上层，走自己想要走的道路——把深海当做一个国家看待。这就是东寂天的终极理想，他和逍遥游一样想要逃避战争。

其实不只是他，这世上的许多人都想。但是在众多人之中……总有叛徒会因为利益而阻拦。所幸的是，东寂天利用云圣贤强大的交际能力，保住了自己的这个位置。不愧是自己的挚友。

总的来说，就是被外星人搅了一次局，而上天注定让有些人来解决这个问题——UN 总督府直系科学院。

"现在，我以 UN 总督府直系科学院的 Vita 少校之名，来制裁你们。"

猛烈的炮击过去，一切战火……消失在了这日落后的天际。

"其实，我并不想让你们怎么的。"

东寂天的声音从白濑渺的世界远程实时通话里传来，传到这个小岛上。

一旁是篝火，还有为苍龙飞龙处理伤口的声望和胡德。

翔鹤和瑞鹤正一左一右夹着白濑渺，以深海院长的姿态看着白濑渺的手机上，那个屏幕里在关岛会议室的东寂天。

"看来下次是该提前告诉你们这些事情了，太久了结果我都忘记你们是院长了哈。但是我利用深海能，不过就是为了人类的继续发展；我夺取大和核心，只是想了解你们为什么要讨伐我们的原因。现在我知道了，而且核心也托你们的姐妹还给大和了。"

"那……Z 将军，我们这么做会不会要被解体什么的啊？"

"要解体的话先打过我再说！"对于翔鹤的担忧，瑞鹤的语气十分坚定。

"不会，我们已经想好了对策。那就是允许你们在深海舰娘和人类舰娘这两种状态自由切换，而且为了防止引起争议，我们决定让白濑渺成为你们俩的提督。渺酱是个不错的孩子，你们俩可要听话哈，别再给我惹事了，就不能让我好好偷懒嘛是吧？"

"我明明比你小 2 岁怎么就说我孩子啊 Z 桑！"

"噗……哈哈！"瑞鹤被这句话逗笑了。

"等等，渺酱？"

一向喜欢从话语中抓重点词汇的翔鹤突然间又抓到了什么重要的东西。

"原来我们的新提督是个抖 M 么？"

"没错啦翔鹤，想当初我和他可是一张床上……嘿嘿！"

"Z 桑不要说啊！"

如此快乐的相处啊……可惜无法成为永恒。

但我们能指望什么永恒呢？只要无怨无悔，那不就足够了吗？

或许我们，就是为了快乐地走一回而在这个世界上存在的。

2015 年 10 月 22 日"风暴"事件结束，深海与人类第二次合作有了新的进展。

罪魁祸首伊势和帮凶日向，为了接受惩罚，和所有被打捞起来的深海真实舰娘们一起编入了铃木修一的舰队，返回了日本基地。

美国舰娘被安全寻回，已经返回了美国洛杉矶基地。

苍龙与飞龙由于脱离了深海化副院长状态，已经变回了原来正常的样子。

翔瑞双鹤知道真相之后决定与东寂天和好，并且同意归入白濑渺的麾下成为秘书舰。

由于已经了解到了最初的真相，欧根亲王决定离开深海，回到东寂天身边，但是因为深海与人类合作，所以依旧保留有深海舰队地中海基地二级上将的头衔，以原东寂天秘书舰的名义再次回归星海港，成为深海舰队地中海基地对星海港外交的主要负责人。因此欧根拥有了人类与深海的双重状态，只是作为人类战舰是重巡，在深海因为强化火力而成为战巡。

当然，因为一系列原因，UN 总督府允许旗下每位提督的秘书舰上限达到 2 个，不限于直系科学院，各个战区所有提督都是如此。

而大和一开始因为对人类义愤填膺导致的深海舰队的建立已经引起了各国重视，人类不得不正视深海这个特殊的存在，因为她们亦是人类的化身。

每个人依旧守着自己的职位，安安分分工作。

2015 年 10 月 23 日 21:20:19，中国·A 市。

"BB，你那边情况大概就是这样了吧？"身材结实的眼镜中年男子如是对着视频前的东寂天说道。

"嗯。"令人意外，这个中年男子还叫他 BB，他居然还能适应。

这个男人就是东寂天之父，东万奇。

其实，论战术，论资历，东寂天还是过分地年轻了。

可是为什么他还能有这么强的能力呢？就是因为这个男人了。

这个同样有着蓝色双眸的男人，却早已从现象看出本质。

"BB……你的道路不会在此止步。深海和人类……还是要磕磕碰碰，不过这次你小子不错，居然稳定住了合作的局面。接下来就不会有大事了，把琐碎的事情处理好就是。"

"嗯，你这么说我就放心了，老爸。"

东寂天停顿了一下。

"你这个老油条，'放卫星'要不要这么溜得飞起啊。想当初你跟我'放卫星'说走你的方法绝对能上一中，然后我去了一中；现在你这么说，估计我还要被这些琐碎的小事给整晕啊。"

"人生不平稳的事情多着咧，BB，你还是拿衣服（naive，幼稚）啊。"

这对父子，好比亲兄弟，没有隔阂。

这就是东寂天能坚持到今天的原因，因为他背后这个后盾……强大得离谱。

"不过 BB，那个苍蓝……我感觉他啊，要改变这个世界，让这个世界进入新的阶段，他将是未来世界的开端。这个人啊，不得了的，啧啧……你要好好和他搞好关系。"

"不得了？何以见得呢？"

东寂天就算是精通天下一切战术，这点他却摸不着头脑了。

"因为他最终要成为深海的领袖，现在深海都跟一个国家差不多了，那你岂不是……"

"哦！懂了！谢谢指点啊老爸！不愧是老油条！哈哈！"

"懂了吧？"

两人哈哈大笑。

"可是，他为什么会成为深海的领袖呢？"

"BB，我跟你讲，这个人，他的精神品质和深海那边的理想差不多，他现在又和深海目前三大院长之一的帕琪娜结婚了，他要当上深海的领袖，估计不会远，最长不过七八个月吧。"

"您这'卫星'我可记下了哈。"

"随你便，我看过的书确实多得离谱，讲话绝对很准的。"

这便解释了东寂天会十分嚣张，喜爱"放卫星"的原因。有其父必有其子。

"总之，你要和苍蓝更加经常来往，他啊，不得了了啊！"

"那是自然，我还有些事情，先挂了哈。"

"那好吧 BB，晚安。"

而此时的星海港时间正处于比 A 市那边要晚一个小时的时区。

"嗯，九点半了，该去星空岛了。"

"欧根啊，我要上船啦！"

这个"上船"一词，被东寂天那独特的夸张语气说出来，显得特别污。

"噫，Z 桑好污。"

"卧槽，苍蓝你居然？！"

"那些对话我都听见了。你父亲的称赞苍蓝记住了，苍蓝不会辜负Z桑和Z桑父亲的期望，我会成为深海的领袖，带领深海的舰娘们走向真正的光辉！"

苍蓝站了一个标准的军姿，行了中国军人标准的敬礼。

"这气势不错，我喜欢。"

东寂天的笑容十分微妙。

"不过，我差点就被你搞迟到了，我还要上船了。"

"嗯，Z桑再见。"

两人挥手而别。

但是苍蓝开始坐下来沉思这一切变数了。

看来，自己命运中不可逃避之挑战已经来临了。

担任深海的领袖。

自己……真的可以胜任吗？

想当初，自己只是一个普通的警员，从小到大都在过着普通人的一生。

结果现在自己不仅拥有了院长级的要塞少女，帕琪娜，还要在未来成为深海的领袖。

任重道远……

但苍蓝已经觉悟了。

"深海，我会做好这个领袖的！"

苍蓝心中默念，走到阳台上，看着还未圆起来的上弦月。

他想起了东寂天为了纪念自己与帕琪娜相会时所写的诗，是前几天东寂天突然来灵感所写的，他一直无法忘记：

沁园春·苍蓝要塞
东寂天

深色之晴，靛色之眸，璀璨夜空。步履银滩上，悠听海浪；遥窥沧海，迎面轻风。玉兔微光，引擎雷震，独走天涯海角中。心孤寂，无处寻知己，明月为朋。

　　时空鬼斧神工，令他挽她出牢狱中。帕基罗要塞，化身豆蔻，命途多舛，身受冰封。饱受创伤，心灵惶恐，终是迎来那彩虹。天书定，焰火随铁塔，宛若皇龙。

一切城市的喧嚣，子夜的欢乐，都进入了尾声，然后就此睡着了。

想必明天一定会更好吧？

或许，明天从地平线上洒下的第一抹晨曦，会证明这一切。

一切吗？

一切……吧。

番外　舰娘神秘失踪事件

Calvin

某年十月二十五日，晨。

星海港迎来了不错的一个假期，这大概是因为最近东寂天的南征北伐过于频繁导致深海的舰娘们都不敢出来了吧。在这样一个和煦的假日，苍蓝照例打着呵欠爬下他那张大床，慵懒地看了看钟。

"怎么都这么晚了，"苍蓝叹了口气，起身着装，"帕琪娜也不叫下我……帕琪娜……"

苍蓝的心头突然一震——他感觉不到帕琪娜了！慌张地，苍蓝窜了下楼，连领带都没有打好的他，绕着别墅拼命地转圈："帕琪娜？要塞小姐？帕琪娜？"

终于意识到帕琪娜根本不在这栋别墅了以后，苍蓝疲软地倒在了沙发上，沮丧地拿起了手机。

"速到实验室。"

一条短信，正文五个字，落款是逍遥游。

苍蓝终于意识到有什么不对了——似乎某些可怕的事情正在发生！

那时是十月二十五日的上午十点。

……

星海港的实验室。

气喘吁吁的苍蓝撞开实验室的大门，"帕琪娜不见了！"

一筹莫展的罗博仕和李天棠，眉头紧锁坐在一旁椅子上的逍遥游，以及几乎要把实验室的墙壁抠下来了的、焦急的东寂天，组成了这个实验室的光景。

"发生什么了吗？"苍蓝试图打破沉默，尴尬地笑了笑。

沉默延续了一会，然后，东寂天开口了，他冰冷地说："出大事了，我们所有人的秘书舰都被一个神秘人劫持了。"

逍遥游转身问罗博仕："破译出来了吗？"

"没有，"罗博仕很绝望地摇摇头，"对方的 ID 是一团乱码，感觉对方根本不和我们在同一个频道……"

"日。"逍遥游左手用力捶着桌子，"要是我知道谁劫走了大风……"

实验室的液晶屏幕突然亮了，一个小丑的图标出现在上面。

"那是什么？"苍蓝下意识地后退一步。

"罗博仕！你不是说星海港的防火墙已经被你弄得无敌了吗？！"逍遥游怒。

"我怎么知道这是为什么！"罗博仕叫着，"防火墙没有被入侵！"

"就像是穿过来了似的！"李天棠补充道。

东寂天恨恨地注视着那个小丑嘲讽的鬼脸。

"我知道诸位很想再次见到自己的秘书舰。"那个小丑开口说话了，声音是十分纯粹的电子音。

"这还用说吗？当然想啊！"全体人同时爆出这样一句话。

"想要的话就请完成我的特殊任务吧！完成了就还给你们。"那个声音说道，"不过这个任务不能使用电子工具，不然的话你们的舰娘就全部都会深海化……不，我会把她们都改造成坦克娘的。"

"哦不——"东寂天简直丧失了理智，"逍遥我们快去做任务啊！快啊！"

"你先别急啊，听他说完。"李天棠提醒道。

"第一个线索是：虽然万里连云际，争及尧阶三尺高。"

"卧槽？"全体再次异口同声。

罗博仕一脸无奈："我和天棠可是理工科的，这是啥我可不知道。"

"逍遥！"东寂天再次投以期待的目光。

逍遥游木讷地盯着屏幕上大大的"虽然万里连云际，争及尧阶三尺高"，脑海中拼命搜索着这首诗。

"秦筑长城比铁牢，蕃戎不敢过临洮。虽然万里连云际，争及尧阶三尺高吧？"苍蓝突然开口了。

"苍蓝你怎么知道的？"东寂天一脸吃惊。

"昨天微信推送的每日诗歌。"苍蓝挠挠头，"平时的诗歌我都记不下来，这首特别短，就……"

"但是有什么用呢？"李天棠问。

"线索在里面。"逍遥游冷冷地圈出草稿纸上诗句中的"长城"二字，"我们要出发了。"

东寂天会意地点点头，拨通了电话，"喂，马上叫一架私人的专机过来，去北京！"

然后东寂天吩咐罗博仕和李天棠留在港口，继续破译对方的 IP。自己带着苍蓝和逍遥游坐上了飞机。

这时是北京时间十二点整。"我感觉我们没什么时间了。"东寂天焦躁地说。

"东寂天的秘书舰不是……欧根吗？"苍蓝小声问逍遥游。

"被劫走的是他妹妹。"逍遥游小声说，"我不知道劫匪是如何做到将一位液体姬给劫走的……是装在瓶子里吗？"

"呵呵，逍遥游你这时候还有心情开玩笑吗？"东寂天神情凝重，望着窗外的云层，"如果失去意识的话，就算是神也可以拐走吧？"

逍遥游和苍蓝脑补了一下自己的舰娘失去意识被人凌辱的场景，就知趣地闭了嘴。

……

八达岭长城某处。

东寂天一行人脱下了正规的军装，换上了休闲的衬衫和裤子。逍遥游这时候突然吐槽道："我对你那件写有'I love PACHINA'的黑色上衣和你那条黑色的长裤十分有意见。"

"怎么了？"

"这也太羞耻了吧！"逍遥游和东寂天同时吐槽道。

这时，身后传来一个熟悉的声音："诶！是Z仔？"

东寂天和逍遥游回头，看到了两个熟悉的身影。其中一个是炎炽云——就是刚刚喊话的那个，还有一个人随后也打了打招呼，是蓝空飞。

"你们怎么也在？"苍蓝问。

"我们的舰娘被神秘人劫持了。"蓝空飞回答，"所以我们按照提示来这里……"

"你们也？"逍遥游盯着蓝、炎二人。

"你们……难道也？"炎炽云也是很吃惊。

这时候，众人的手机同时响了。"是短信。"逍遥游掏出手机。

"想必你们已经跟着第一条线索找到小伙伴了，那么第二条线索是：超市里两块五一盒的豆奶！"

"那是什么鬼？"炎炽云道，"我们都不喝豆奶的吧！"

"我们最好去趟超市……"逍遥游叹了口气，"两块五一盒的豆奶好像也就那么几种吧？"

……

超市。

"你们找到豆奶了吗？"东寂天问。

"没有！"炎炽云和蓝空飞回来了。

"售货员说，仓库里的豆奶被同一个人在同一天买空了。"苍蓝道。

"天啊，这是垄断吗？是垄断吧！"炎炽云大怒，"别让我找到劫匪！"

"别急啊……"蓝空飞小声地说。

东寂天恶狠狠地踹墙，"该死！"

苍蓝默默地站在一旁，"我想帕琪娜了。"

"我也是，我想我家的宁海了。"蓝空飞叹气，"我们聚在一起，如果没有秘书舰的话，简直就像一群基佬……"

相视无言。大家都在想念着自己的舰娘。

这时，逍遥游狂奔了回来。

"我问了售货员，"他气喘吁吁地说，"二块五的豆奶，只有一种，是维他奶！是旧版的维他豆奶！不过已经断货了！货架上也没有相应的提示！"

"我觉得，这个品牌已经给了足够的提示了，"东寂天道，"你们看得出来吗？"

"什么？"苍蓝、炎炽云和蓝空飞问。

"也是啊，毕竟你们不熟悉那家伙。"东寂天道，"出发吧，去东京。"

"什么？"苍蓝问，"去东京干嘛？豆奶跟东京有关系？"

"是去找个人啊。"东寂天回答。

"V！"逍遥游和蓝空飞反应了过来。

……

东京郊外的一处小木屋。此时是北京时间九点，对应的就是东京时间十点。

"我去这鬼地方这么偏僻，藏在茂密的树林里，谁找得到啊！"炎炽云指着木屋。"不希望接触凡世，这大概是渺的愿望吧。"逍遥游叹了口气。

苍蓝则指着木屋后方堆着的那一卡车维他奶。"他还真买了一车啊，"蓝空飞扶额，"他打算一个假期喝完？"

这看起来是可行的，因为一卡车的维他奶已经喝了一半了。

"V的确在里面。"蓝空飞对各位说，"进去吧。"

推开木门，一个声音传来："你们今天怎么这么晚啊，翔鹤，还有瑞鹤……"

"是我们啦！"苍蓝提醒道。

"是吗？那今天她们一整天都没来。"白濑渺从房间里出来了，他穿得还算整齐，是日式的浴衣。

"你不知道我们的舰娘被劫走了吗？"逍遥游无可奈何地问这个懒散的提督。

"啊，好像是有人给我发了类似恐吓信的东西，"白濑渺说，"我当成广告给忽视了。诶！原来是真的吗？！翔鹤？瑞鹤！"

"冷静点幼生！"东寂天拉住不安的白濑渺，"你的木屋里有没有什么显示屏？"

"有！"白濑渺急忙拿出一台平板电脑，连上了网。

果然，小丑脸又出现了。

"晚上好，各位寻宝者。"那个声音再次响起。

"不好！"大家异口同声道。

"你们又找到新成员了吧，下一个线索是：昆虫记。"

"那是啥！"东寂天嚷道。

"你傻的吗？你没看过《昆虫记》吗？"逍遥游吼道。

白濑渺拿出木屋里一本尘封的《昆虫记》，"虽然我有这本书，但还是建议各位先休息下吧，明日再战？"

"你有多余的床铺吗？"炎炽云环顾四周，"地方倒是够大。"

"有的，"白濑渺拿出了四套床褥，"她们偶尔会在这里小住。说来突然有点想念她们呢。"

"等等，我们这边有五个人啊！"苍蓝突然提出问题。

"看来必须有人和幼生挤一张床了，"东寂天坏笑着走了过来，"我们走吧。"

在白濑渺的惊叫声中，逍遥游熄了灯。

……

次日，晨。

逍遥游大清早地就绕着木屋踱步，思考着《昆虫记》的意义。"到底是在表达什么意思呢？"逍遥游思索着，"昆虫记，法布尔……难道是去法国？或者说是跟某个昆虫有关吗？蜘蛛吗？还是……"

"鹿角虫？"逍遥游联想着，"还是说《昆虫记》的页数代表了什么？或者说'昆虫记'指的是夜小淇？不对，夜小淇跟昆虫有什么关系啊。再想想……"

这时，逍遥游突然想起了皇至臻秘书舰胡德的口头禅……"我似乎明白了什么，"逍遥游一愣，然后说道，"真是奇妙的联想。看来下一个人是贺鹰羽了。"

......

"逍遥你这也太六了，从昆虫记联想到蛐蛐，再联想到区区俾斯麦，再联想到贺鹰羽那家伙……"东寂天赞赏有加，"我们去德国吧！"

"那是，如果没有脑洞，我怎么画设计图啊！"逍遥游表示得意。

"那么快出发吧！"苍蓝道，"我们似乎离真相又近了一步！"

"我想说，"白濑渺小声说，"最近似乎没有直通德国的航班诶。"

"什么？！"众人齐声，"你在逗我吧？！"

苍蓝有些着急，"不管怎么样，现在应该怎么搞？"

"切。难不倒我的。"东寂天潇洒地拿出手机，"罗博仕吗？你先放一放破译工作吧，给贺鹰羽发一个'摇曳百合'签售会要开幕的消息，想必他三小时以内会滚到这边来的。"

"Z 桑你这一手实在太黑 G 先生了，他会要了你的命的。"罗博仕道。

"那也到时候再说。"东寂天电话一挂，对各位说，"既然我们去不了，那就让他过来吧。用他最喜欢的百合来吸引他。"

"太绝了。"苍蓝和蓝空飞在一旁拍手叫好。

白濑渺却说："事实上真的有那样的一个签售会，你不怕 G 先生浪费我们的时间吗？"

"卧槽？"东寂天真是没料到，霓虹还真有签售会。

......

一行人早早地来到了会场。"目标就是截击贺太！"东寂天强硬地说，"一定要让他权衡利弊，到底是 H39 重要还是百合重要！"

这时候，逍遥游的手机突然收到了个短信："看来第三个线索也找到了呢，那么第四个线索很简单：轻轻的我走了，正如我轻轻地来。"

"不对啊，我们还没找到贺太呢。"逍遥游道，"看来劫匪那边失去对我们的控制了么？"

"有可能，但不要轻举妄动。"东寂天道。

"我觉得更有可能的是，贺鹰羽已经在附近了。"蓝空飞提醒道，"他一直是个雷厉风行的家伙。"

"这么看来，他应该在排签售吧。"白濑渺说。

于是众人在签售的长龙中截住了乔装的贺鹰羽。

"戚，你们啊。"贺鹰羽一脸不爽，"来干嘛？"

"我们来找你啊！"苍蓝道，"等会还要一起去找下一个人，最后找到失踪的舰娘啊！"

"我先排个签售，等会。"贺鹰羽冷淡地说。

"你不要你的 H39 了吗？"逍遥游问。

"H39 也比较喜欢做事执着的我。"贺鹰羽不带感情地回答，"你们等下先。"

东寂天叹气，说道："先去别的地方坐坐吧，等这家伙得到签名。"

于是剩下七个人集中到附近的咖啡厅，围成一圈坐好。

"等等，幼生你这选的什么咖啡屋啊？"东寂天望着周围的侍者，略有不适应地说。

"女仆咖啡厅啊，在这边可是常有的。"白濑渺说完，就用日语向女仆点餐。

"啊，不错啊。"蓝空飞点点头。

逍遥游将"轻轻的我走了正如我轻轻地来"抄在了纸上。

"是'轻轻的我走了，正如我轻轻的来'吧？"蓝空飞纠正道。

"有区别吗？"炎炽云问。

"有啊，"蓝空飞指着逍遥游写的"地"字，"原文是'的'字啊。"

"哦哦！"炎炽云盯着蓝空飞，"你这个学霸。真恶心。"

"噫。"东寂天回过头，"不过逍遥竟然犯错了，少见啊。"

"我没犯错啊，"逍遥游打开短信，"人家用了'地'啊。"

东寂天挑眉，"哦，有意思，这劫匪犯错了。"炎炽云笑了，"毕竟劫匪嘛！我们出点钱就能摆平的吧？"

蓝空飞小声提醒："管理员说我们已经超支了。"

"哦糙。"炎炽云说道。不过这里是日本，也没人听得懂。

苍蓝无所事事地翻着手机。"翻什么呢？"白濑渺凑了过去。

"全是要塞小姐的照片啊。"白濑渺很认真地问，"你很想她？"

苍蓝点点头，"没想到才一天不见，我的思念却犹如泉水一般涌出，在脑海中奔腾，迸溅……"

"很有诗意啊。"蓝空飞夸赞道。

"诗！"逍遥游拍案而起，"这是诗句啊！是徐志摩的诗！"

"那又代表了什么？"东寂天问。

"徐志摩，徐，志，摩。"逍遥游又陷入了沉思，"不对，轻轻的，轻轻的……潜艇都是没有声音的，会不会是说T.R？"

"T.R？"东寂天半信半疑地打了一通电话。

"喂？"电话那头是大青花鱼的声音，"他出去玩镰刀了。"

"T.R的秘书舰没被劫走？"炎炽云一惊。

"难道说劫持舰娘的，也是舰娘？"蓝空飞也吃惊了，"因为只有舰娘才会本能地害怕T.R啊！"

"这可是很重要的发现！"逍遥游拿出纸笔，快速地记录。

"喂？ T.R吗？"东寂天竟然联系上了那魔人！于是他闪到了一边去通电话。逍遥游继续冥思苦想。

"别太用力想了……"白濑渺安慰道，"太性急也不行啊，一步步来。"

"徐志摩是中国的诗人吧，"蓝空飞道，"也就是说跟中国有关？"

"徐志摩的诗派不是新月派吗？或许那个要找的提督的秘书舰是什么月呢？"逍遥游说道。

"呃，这个嘛。"炎炽云小声说，"你们的脑洞开太大了啦！"

这时，贺鹰羽带着大量的周边，他几乎是浑身挂满了各种百合番的周边，回到了群体里。

"G先生，你看看这代表了什么意思。"逍遥游将那张线索递给了贺鹰羽。

"你们知道康桥吗？"贺鹰羽看了一眼，问。

"知道啊，就是剑桥。"大伙儿说道。

"那不是在英国吗？"贺鹰羽将那张纸还给逍遥游，"很明显就是叫我们去剑桥那边嘛！"

"诶对哦！"逍遥游猛拍大脑，"我是傻了吗？！"

"现在欧洲天气不好，飞机估计没戏了。"白濑渺说道。

东寂天及时回到了团队里，"T.R答应借我们鹦鹉螺号。"

"卧槽鹦鹉螺号都出来了？"苍蓝也是大惊，"那不是海底两万里的……"

"果然他是不愿意借大青花鱼的么。"白濑渺似乎有一点失望。

……

众人在日本海坐上了T.R的鹦鹉螺号。

"这玩意还真有啊。"逍遥游仔细端详着操纵室的各种仪表。

"我刚捞的。"潜艇里只能听见T.R的声音而看不见T.R的人。

"魔人不和我们一起找吗？"东寂天问。

"不了，"T.R的语气里充满了无奈，"上面的世界太危险。"

逍遥游对大家说："我已经会操纵这玩意了，还需要一个副手。"

"好快！"苍蓝赞叹道。

东寂天戳了戳苍蓝，"快去啊。"

苍蓝诺着，到了副驾驶舱。

驾驶舱的门慢慢地关上了。

"估计这玩意只要几个小时就能穿到直布罗陀，"逍遥游笑着说，"果然是凡尔纳笔下超级强力的潜艇啊。"

苍蓝目瞪口呆："这好歹也有些时日了吧？怎么可能那么先进？"

"不要在意这些细节嘛。"逍遥游浅笑着，"不如继续前进？你看看四周的风光。"

苍蓝环顾四周，是深海的景色——鱼群混杂，珊瑚透露出神秘气息，深深浅浅的海沟更是让人感到有些畏惧。之前苍蓝只在科幻小说里见过类似的场景，而今天，就在眼前。

"帕琪娜……以前就活在这样的地方么？"苍蓝问，"没有阳光，也没有微笑的地方。"

"没有阳光是真，但不一定没有微笑吧。"逍遥游这么说着，按下了加速，"深海也有她们的快乐啊。"

……

英国，剑桥市，皇至臻府上。

"有趣，"皇至臻坐在沙发上，听着逍遥游的陈词，微笑着说，"不过我的胡德还在，这也不关我事，对吧？"

"那么你的胡德呢？"东寂天反问。

"她在……"皇至臻回想了一下，然后一改刚才的风度，故作镇定地答道，"好像真的两天没见了。这两天忙公事，好像太累了……"

"别找借口了……"贺鹰羽倒是直白了断，"快点弄出下一个线索啊！"

皇至臻问："线索什么的，是……"

"你拿出手机看看有什么线索吧。"东寂天说道。

皇至臻知趣地掏出手机。然后，那个小丑的标志又一次出现在众人面前。不过，这次是出现在皇至臻的手机上："那么，下一个目标是金坷垃！"

"这个也太好找了吧！"东寂天大笑，"阿妹你看，上帝压狗！"

众人不解。

"美国的圣地亚哥啊！"东寂天道，"这次是去找云仔吧！"

"不过，已经是二十七号的凌晨了，不如先休息一下？"皇至臻道。

"善哉。"东寂天道，"不过你应该能提供一人一间房吧？"

"可以，"皇至臻十分优雅地起身，"还提供女仆。"

"我不需要扛着重型舰炮的潇洒女仆。"东寂天摆摆手，"那是你的口味。"

……

逍遥游在房间里画图纸，可是无论怎么画，都只能画出那个女孩的影子来。

"你这么想念大风么？"东寂天在一旁默默地看着，"而且很晚了哦，不睡觉吗？"

"我睡不着。"逍遥游道。

"这真是 terrible 啊。"皇至臻走了进来，"或许你们需要暂时 forget 掉你们的舰娘，然后才能好好休息。"

"这可怎么休息啊？"逍遥游躺在床上，"我现在满脑子都是她，什么都只能看到她，感觉我的世界没了那一撮粉色双马尾就没有别的颜色了……"

"别虚，"东寂天面朝着窗户，"会找到的，我们会将劫匪正法的。现在只是陪他们玩玩而已。"

其实事情来得太突然，东寂天也没有具体的策略，但他还是要鼓励团体里的众人，为了达到通关所有任务的使命。东寂天想起了妹妹，或许又想起了欧根吧。

不过他根本没有喜欢过谁，填写个人资料的时候他的 CP 栏是留空的。这就是他的孤独吧。

……

二十七日晨。

"怎么样才能最快地到达美国？"东寂天问皇至臻。

"去到加利福尼亚是 easy 的，但找人就难了，"皇至臻回答，"那儿人挺多的。"

"不怕，我相信贤仔一定是很显眼的。"东寂天叹了口气。

皇至臻看了看众人，道："你们为了秘书舰都没睡好吧？看你们的神情就好比败军之将。这样吧，我们几个人一组，分别坐声望和反击出发去墨西哥湾吧。"

"为什么要分组？"苍蓝问。

"怕被团灭。"皇至臻回答，"大西洋一直很乱。"

果不出其然，一路上大量的虚假舰骚扰着声望和反击，而且像苍蝇一样紧追不舍。

"好讨厌苍蝇啊。"反击抱怨道。

坐在反击上的逍遥游、东寂天、蓝空飞和炎炽云不语，漠视着骚扰。

坐在声望上的贺鹰羽则是杀敌杀得十分过瘾，旁边的白濑渺和苍蓝只好看着。"别太勉强我的舰娘。"皇至臻提醒道。

"我才不管那么多，"贺鹰羽操纵着机关炮，潇洒地攻击敌人，"我只知道挡我者死！"

"或许潇洒的声望和 G 先生很配啊。"苍蓝只能笑着吐槽。

"很配也不给他啊。"皇至臻表示无视。

……

十月二十九日，在海上花费的时间似乎太多太多了。这已经是声望和反击改装后的最快速度了。

于是一行人登陆，踏入加利福尼亚，找到圣迭戈。

"然后呢？"苍蓝问。

"你问我我问谁啊？"东寂天有些不淡定了。

"不如我们分头吧。"白濑渺提示道，"两个人一组去查人？在这里集合如何。"

"呃，可以啊，"逍遥游点点头，"那么分组吧。"

经过一番激烈的猜拳，最终东寂天和逍遥游一组，炎炽云和蓝空飞一组，白濑渺和苍蓝一组，贺鹰羽和皇至臻一组。

……

结果苍蓝把渺带到了市里图书馆。

"然而苍蓝你根本没在看文学书啊。"白濑渺无奈，"这又是什么书？"

"这些有一部分跟哲学有关。"苍蓝回答。

"这跟我们找东西的任务有关联吗？"白濑渺问。

苍蓝摇摇头，咬咬牙继续读。

"唉。"白濑渺四处转悠着。

突然，白濑渺注意到一个白发蓝瞳的异国少年，急忙跟了上去，"圣贤 sama？"

云圣贤回过头来，"啊，V 啊。"

于是白濑渺带着云圣贤回到了团体中。"有没有结束啊？"苍蓝不悦，"我觉得我快要环游地球了。"

"你的埃塞克斯呢？"东寂天问云圣贤。

"我还想问你的欧根呢，你的妹妹呢？"云圣贤回答，"Z仔，你该不会也……弄丢了自己的旗舰了吧。"

"是啊。"东寂天摇头，"不过，不是同病相怜的时候！我们只要找齐线索，就可以找到神秘人的处所了！"

"那是啥，诈骗计划吗？"云圣贤表示怀疑。

"怀疑我干嘛？"东寂天笑了，"我什么时候值得云仔怀疑了？"

云圣贤一脸可疑地盯着东寂天。

"呃……"东寂天苦笑着打圆场，"那么各位集齐了吧！把最后的证据亮出来吧，神秘人！"

"你太中二了啦。"逍遥游小声说。

所有人的手机突然同时响了。"是线索？"东寂天第一个拿出手机。

"你们的玩忽职守已经记入档案。管理员。"

"这什么玩意！"东寂天差点砸手机，"我们连秘书舰都没有了干个屁活啊！"

"哦，这真是恶心啊，不懂变通的家伙。"逍遥游恶狠狠地说。

"唉。"蓝空飞扶额，另一只手拉住准备暴走的炎炽云。

"这……我是要被炒鱿鱼了吗？"白濑渺一脸慌张，"Z将军要保我饭碗啊！我们是在公事公办啊！"

贺鹰羽和皇至臻也是无话可说了。

最后，咳出一口老血的东寂天终于收到了最后的信件。

"．．．．．－－－－－．．－．－．"

"我去，这啥啊？"东寂天差点再吐一口血。

"罗博仕！李天棠！"东寂天大叫，"来，看看这个！"

"这不就是SJZC吗？莫尔斯电码啊。"罗博仕一语道破。

"但这些是什么意思？"李天棠问，"S–J–Z–C 到底是？深圳 ZC？"

"首先 SJ 就肯定不是深圳吧……"逍遥游摇头，"SZ 才是深圳。"

"SJ 不是神经吗？"苍蓝道。

"好像很有道理一样，"炎炽云道，"我选择死亡。"

"神经……什么的吗？"蓝空飞琢磨着。

"神经之祠！"白濑渺突然说道。

"什么神经玩意儿？！"贺鹰羽反驳，"这是什么鬼？！"

"或许是一个庙宇？"云圣贤接过了白濑渺的逻辑，"祠，不就是庙宇，祠堂一类的玩意嘛，神经或许不是指骂人话，而是神的经文啊！"

"有道理，"皇至臻说道，"神的经文是指圣经吗？但是圣经没有类似佛教藏经阁那样的建筑吧？"

"也可以是别的经文吧？"蓝空飞道。

"等等，我有个想法，"苍蓝突然说，"或许是……"

"啥？"东寂天问。

"神经 Z，Cao。"苍蓝答道。

"你是要我 Cao 你吗？"东寂天白了苍蓝一眼，"那么附近的寺庙是？"

"美国大部分是教堂啦。"云圣贤道，"我们先找个酒店坐一坐吧。"

……

某间还算不错的酒店，众人团团而坐，继续思考 SJZC 的含义。

"杀剑斩苍？"炎炽云猜想道。

"好武侠啊这个……"东寂天叹气。

"唉，或许并不是字的问题？"蓝空飞道，"S 是指云仔，Z 是指 Z 仔嘛，C 和 J 呢也是指另外两个人？"

"你把这些人凑在一起并没有什么意义啊？"东寂天道。

"唉，会不会是倒过来读的？"炎炽云突然问。

"不可能，"罗博仕道，"倒过来读的话……根本不成立。"

"会不会跟塞穆尔·莫尔斯有关？"李天棠问。

"谁会知道那名字啊！"东寂天吐槽。

这番无意义的谈话持续了将近两个小时，直到东寂天的手机突然发出一串声响——又发了一条信息。

信息："脑洞太大了啦，是具体的地名哦！"

"什么？"众人一惊，"具体地名？"

"神经之祠。"云圣贤首先开口。

"世界之祠。"

"神经之池。"

"世界之池。"

"世经之祠。"

"神经之词。"

"神经之窗。"

"世界之窗。"

"神经之辞。"

"世界之痴。"

"神经之……"东寂天突然住口了，"等等我刚刚是不是说了个地名？"

众人点头。

"Z将军说了世界之窗。"白濑渺小声说。

东寂天拍案而起，"一库哟！米娜！"

"等等，"云圣贤拉住了东寂天，"我可是房间都给你们开好了……别误会，不是那个开房。"

"不如住一晚对吧？"东寂天摇摇头，"算了，连夜。"

"不行的样子，"逍遥游也拉住东寂天，"大家都很累了，再休息下吧，毕竟磨刀不误砍柴工啊！"

东寂天叹了口气："那去休息吧。"

……

次日。

最快的航班，最齐全的服务，云圣贤和贺鹰羽搞到的最危险的装备，一行人全副武装飞向深圳。

在 T3 航站楼浑水摸鱼将武器带出机场后，由轻车熟路的东寂天和逍遥游带着大家坐上了地铁。

"啊，这可真挤。"皇至臻十分不适应，"我们那边可没那么多人。"

"就是，"贺鹰羽表示赞同，"我们欧洲人少。"

白濑渺则表示，没有变态已经很奢侈了。

在世界之窗站，所有人都被汹涌的人流挤了下车。同时，东寂天又收到了新任务。

"开始玩耍吧，世界之窗旁边有个欢乐谷，将海盗船啊，UFO 啊，什么的全部玩个遍，再去世界之窗找我们。"

"我去。"一行人瞬间脸色煞白，看到那个将一帮人当成面团甩来甩去的机械，东寂天连站都站不稳了。

想了想帕琪娜，苍蓝第一个冲过去排队。紧跟着的是逍遥游。其他人也陆续跟了过去，都是一副英勇就义的表情。

"组织会记住我们的！"东寂天长啸一声，那个甩面团的机器就开始运作了。东寂天感觉自己的五脏六腑都在飞！它们都飞出了自己的身体，就像那 B-25 一般飞向日本一样……

接着是过山车。就连最绅士的云圣贤和最优雅的皇至臻都没忍住尖叫的欲望……

再接着是海盗船……激流勇进……各种娱乐活动，他们试了个遍。

傍晚。

"要死了要死了啊！"东寂天带着东倒西歪的一帮完全不像军官的家伙们，几乎是爬着进了世界之窗。

"万圣节快乐！"一个熟悉的声音响了起来，十分好听。

"小淇……你没挂啊……"东寂天虚弱地说，"太好了……"

"倒是哥哥你，别挂了啊……毕竟只是开个玩笑嘛……"

"什么！"东寂天就像打了鸡血一样弹了起来。众人的婚舰就站在众人面前。

"这是我们给提督们准备的万圣节舞会哦！"欧根喊道，"防火墙是没问题的，都是安森用从东寂天那儿偷的绿卡搞的，提督们玩得很开心吧！"

"不带这么玩儿的啊！"东寂天惨叫。

……

不管怎样舰娘们和提督们总算一起在世界之窗过了一个万圣节，也算是不枉此行了。在这里加点小花絮吧。

逍遥游只是久久地抱着大凤，什么话都没有说。"啊，提督，不用那么……的说？嘛，我知道错啦，不应该骗提督的……松开我好吗……"

"不要，"逍遥游很孩子气地说道，"我才不要再离开你呢。"

……

"我要吃可丽饼！"

"我也要！"

东寂天一手拉着欧根，另一手挽着夜小淇，带着她们逛街——不过其实她们一直在吃吃吃。

"我感觉挺幸福的，"东寂天对自己说，"虽然这几天累得快死掉了。"

……

"中国渔政，干杯！"

罗博仕、李天棠、炎炽云和蓝空飞与他们的渔政秘书舰们聚在一起喝啤酒，享受着一起玩儿的时光——他们都是不耐寂寞的人。偶尔把大家聚在一起，对他们来说百利而无一害。

……

"嘛……"白濑渺红着脸望着眼前两个少女，不知从何开口。

"其实我，其实，其实我不介意这么多的啦……"白濑渺道，"不用给我准备这样的惊喜啦。"

"提督，这是我们为你们准备的大礼。"翔鹤道，"舰娘失而复得的感觉是不是挺舒服的？"

"或许是吧。"白濑渺笑着，"以后两位还是要常来我的小木屋喝茶啊。"

……

"你这个家伙竟然敢骗我！你是傻的吗？！你这样还配做我的秘书舰吗？！你知不知道我有多担心？！你还……我一定要换秘书舰！一定要换！你这不忠的家伙？！"贺鹰羽拽着H39的手，不停地唠叨着。

H39微笑："要换秘书舰的事情，提督说过不下十几遍了呢。"

"这次一定，一定！"贺鹰羽说着，拽H39的那只手拽得更紧了……

……

"很抱歉骗了提督。"胡德向皇至臻请罪。

"没事啦。偶尔这样玩一下，也是很exciting的呢。"皇至臻笑笑，"我想我的秘书舰一定是最懂人情的吧。"

……

埃塞克斯默默地看着云圣贤。云圣贤主动伸出手来。

"走吧，埃塞克斯……我们，去装成鬼吓人吧。"

……

大概就是这样一个欢乐的万圣节吧。虽然东寂天等人被折腾得够呛，但最后还算是个圆满结局。今天大家收到的最后一条短信是：

"节日快乐，祝和婚舰玩得开心。管理员。"

后　记

在听到我的小说准备要实体化之后，我的内心是高兴而有些惶恐的。怎么说呢，有种受宠若惊的感觉？

不过无论如何，再次感谢你们能品阅我所著的《苍蓝色的要塞少女》。

本书封面是本小说的男主角画的。啊，不对，是一个在圈内叫"苍蓝"的人画的。是的，没错，你们没有看错，画师就是本书的男主。想不到吧？

其实一开始写本书的时候，我根本就没打算出书的，而现在如你们所见，你们手中正在触摸的书页，它真真正正地铭刻着我所缔造的一个隶属于象牙塔的世界的一切。说句实在话，我自己也有些吃惊。

这部作品诞生的最初缘由么……被别人的爱情感动到了，于是就动笔敲了第一章，很简单的开端。当初刚刚买了新的笔记本玩《极品飞车18：宿敌》，于是就杂合成了一篇不太像样的第一章。现在你们看到的第一章，我已经修改了很多次。你们可以猜测，我是在本书写到什么时候重改第一章的。细心的人，是会发现我的象牙塔建造过程的。虽然我承认，这并不是我理想中真正的象牙塔，它作为处女作，还是不尽人意。但或许，只是不尽我意。这只是最开始。

而在开始第一章写作（2015年7月13日）几天后，我收到了"凤凰木学院"的邀请。我曾经是多么渴望加入"凤凰木"，尤其还记得几个月前某次卓越成长交流营里，热情的学长学姐，以及笛箫琴先生所讲的"数学与音乐之美"，如今他是我的数学老师。宛如梦幻的一切在我平淡的一生中增加了心之所向——如同凤凰花般灿烂的梦想。

也就是说，《苍蓝色的要塞少女》的习作几乎与我踏入"凤凰木学院"是同期开始的。

颇有感想的我，将这一切美好书写下来，并把那和我有一辈子缘分的雅士与苍蓝当成本部小说的三大男主角的其中两位的原型。

至于剩下的一个，你们都已经知道了，我就不说啦，嘿嘿！

进入"凤凰木"之地近两年，我学习了很多，也思考了很多。我有很多话想跟大家说，还有很多文章里的梗想跟大家一一点明，但我放弃了这个想法。为什么？

有些事情不需要多说，其实细细品味，就已经知道得明明白白了。

当然，身为读者的你可能会有更多好奇、更多疑问，我究竟想借文章表达些什么？

呵，表达了什么，应该你自己在心里问自己啊。但愿《苍蓝色的要塞少女》这部拙劣的处女作能引发持久而回味的思考，宛如品味一杯清茶。虽然我不敢有这样的自信，但我还是希望，你能这么做，哪怕一下下也好，我就会心满意足了。

如果你问我，我以后会有什么续作的话，呵，无可奉告。但是面对未来，可能真的需要我去做些什么。因为财宝这种东西对我来讲，已经无足轻重了。我宁愿将自己封禁在永恒的象牙塔中……

本作是以幻萌网络的《战舰少女 R》为原型创作的小说，在此感谢这个游戏能给予我想象的空间与腾飞的羽翼。如果她们还有耐心等待，我或许会重返东晓港，或者夕阳港，再来导演一次战争，爱情，人生的新故事……

对了，我还想在这里，对一个跻身于万象暗影中的人说："你见过，紫色的雪花吗？"

那么现在，请合上这最后一页，尽情想象吧，假如他们的故事还在继续，将会如何？

因为一段故事的结束，往往是另一段故事的开端。哈哈哈哈！

陈政旭

2017 年 5 月 5 日·深圳罗湖